Rebecca Netzel

Der Lockruf des Weißen Adlers
Erinnnerungen an ein früheres Leben

W0185617

– Fortsetzung zu: Das Echo des Adlerschreis –

*

Alle Personen sind frei erfunden und jede Ähnlichkeit
mit realen Personen zufällig und nicht beabsichtigt.

Mit großem Dank an die Falknerei Tinnunculus, Heidelberg,
mit ihren gefiederten Freunden Jona und Joker
und all den anderen!
Ebenfalls großer Dank gebührt Familie Kolb mit ihrer
Bison-Farm im Siegerland!

*

Der Lockruf des Weißen Adlers

Erinnnerungen an ein früheres Leben

Roman
von
Rebecca Netzel

TraumFänger Verlag

Impressum

Der Lockruf des Weißen Adlers, Rebecca Netzel
TraumFänger Verlag Hohenthann, 2018

ISBN 978-3-941485-67-9
Lektorat: Michael Krämer
Satz und Layout: Janis Sonnberger, merkMal Verlag
Druck und Bindung: CPI - Clausen & Bosse, Leck
Titelbild: Alexandra Walczyk
1. Auflage Oktober 2018

Printed in Germany

Inhalt

Lakóta kin wanblí kin he iyótan hcin wankátuya yawápi.
Den Lakota ist der Adler heilig.

Makóce kin le takója etán unkólotape lo.
Wir haben die Erde von unseren Enkelkindern nur geliehen.
(Native-Sprichwort, auch bei den Lakota)

***

„Weißt du, dass Bäume reden? Ja, sie reden. Sie sprechen miteinander, und sie sprechen mit dir, wenn du zuhörst. Aber die weißen Menschen hören nicht zu. Sie haben es nie der Mühe wert gefunden, uns Indianer anzuhören, und ich fürchte, sie werden auch auf die anderen Stimmen in der Natur nicht hören. Ich selbst habe viel von den Bäumen erfahren: manchmal etwas über das Wetter, manchmal über Tiere, manchmal über den Großen Geist."

Tatánka Máni (= **Tatanga Mani**),
zitiert nach: Bydlinski / Recheis, Weisheit der Indianer, S. 11

***

„Als Kind sah ich die Bäume und das Feld vom Wind bewegt,
und da dachte ich, die beten jetzt. Denn dieses Lebendige,
das spricht einen an, so tief, dass man fast erschüttert ist."

– **Jehuda Bacon**, Überlebender von Auschwitz, Künstler und Philosoph –

(zitiert aus: Jehuda Bacon / Manfred Lütz, „Solange wir leben, müssen wir uns entscheiden" – Leben nach Auschwitz, S. 36)

NB: Der Ínyan-Mythos, der Schöpfungsmythos der Lakota, hat mit seiner Emanationslehre manche Parallelen zur Vorstellung der göttlichen Funken in allen Geschöpfen bei den mystischen Gedanken der Kabbala.

*** *** ***

Vorspann

– In Deutschland –
Meine Ferienreise in die USA war fast tödlich ausgegangen – durch einen Autounfall auf dem Highway. Anstatt mir die Naturschönheit der Wälder anzusehen, lag ich im Krankenhaus und sah mir in Gedanken meine Flashbacks an, ein zeitrafferartiges Rückspulen meiner Lebens-Erinnerungen, die sogar über mein aktuelles Leben hinaus reichten und eine Rückführung in frühere Leben darstellten – zu meinem Vorleben als Indianer und sogar als Adler. Das hat meine Einstellung zum Leben komplett geändert. Die Native Americans sind ja berühmt für ihren Respekt vor der Natur, dem Leben an sich als Gabe des Großen Geistes; und das Leben mal aus der aufregenden Sicht eines Adlers zu sehen, buchstäblich aus der Vogelperspektive, das gab allem auch eine ganz besondere Note. Ich begann umzudenken – auch was den Grund meiner Reise betraf, die eigentlich die Flucht vor mir selber nach einer gescheiterten Beziehung war …

Der dornige Pfad der Versöhnung

Rasch tippte ich die Kurzwahl-Nummer ein, ehe ich es mir wieder anders überlegen konnte. Ein Wunder, dass ich die Nummer noch nicht gelöscht hatte! War es aus purer Nachlässigkeit geschehen, oder hatte ich im Winkel meines Herzens schon geahnt, dass ich den Schlussstrich bereuen würde, den ich damals unter unsere Beziehung gezogen hatte …?
Plötzlich war ich ganz aufgeregt. Würde sie an ihr Handy gehen? Was sollte ich überhaupt sagen? „Du – es tut mir leid?“ Klingt blöde, ist es auch. Die Natives sagen, man kann nie ein Wort zurücknehmen, das man einmal ausgesprochen hat – Worte sind mit Energie geladen, positiver oder negativer, und dadurch wirken sie wie Medizin oder Zauberkraft, ebenfalls im Guten oder Bösen.
Je länger ich am Handy wartete und nervös mit der anderen Hand Rhythmen in die leere Luft trommelte, desto mehr fühlte ich mich wie elektrisch aufgeladen. Würde sie?
„Ja?“
„Ähm –“
„Ja, hallo?“
„Also, ich –“
Gerade wollte sie offenbar das Gespräch wegdrücken, da erkannte sie meine Stimme. „Jochen – du???“
„Also, ja – sorry, ich wollte nur …“
Was ich genau wollte, konnte ich nicht in Worte fassen, schon gar nicht in wenige wohlformulierte. Sehnsüchtig hoffte ich, die Situation würde mir helfen, Illona würde rasch begreifen, mir goldene Brücken bauen …
Doch sie baute mir keine goldenen Brücken. Sie war offenbar so überrascht, so verblüfft, mich nach dem Ende unserer Beziehung – das ja von mir ausgegangen war – wieder am Apparat zu hören, dass ihr zunächst einmal gar nichts dazu einfiel.
Das Schweigen zwischen uns wurde mit jeder Sekunde unerträglicher. In die dröhnende Stille hinein, in der ich nur meinen eigenen angespannten Atem hörte, sagte ich beherzt: „Also – ich

wollte mich entschuldigen. Für alles. Es war kompletter Blödsinn, was ich damals zu dir gesagt hab!"
So – nun war es raus.
Sie schwieg weiter, verwirrt. Jetzt hörte ich auch ihren Atem, offenbar überlegte sie sich gerade, was sie mir am passendsten auf mein großartiges Eingeständnis erwidern könnte.
„Ach ja – einfach so?", sagte sie schließlich. Irrte ich mich, oder klang es gereizt, nicht nur durchs Handy verzerrt.
„Ja", sagte ich lahm, „wie denn sonst? Es tut mir leid – ehrlich! Ich – ich hab viel über dich nachgedacht – über uns beide! Ich vermisse dich! Ich hab dich die ganze Zeit vermisst!"
„Ach ja, jetzt auf einmal?"
„Wieso denn, auf einmal?"
„Na, damals klangst du aber anders!"
„Vergiss den ganzen Schmarrn, den ich zu dir gesagt hab! Vergiss es einfach! Lass uns ... also, wenn wir noch einmal, ganz einfach ..."
„Ganz einfach so? Als ob nichts gewesen wäre?"
Ich nickte automatisch, ohne zu bedenken, dass wir ja nicht skypten und sie mich nicht sehen konnte. „Ja", beeilte ich mich zu sagen.
„Hm. Das ist aber gar nicht so einfach, weißt du ...?"
Ich begann zu schwitzen. „Ähm – also ... wenn du inzwischen schon 'nen andren hast, also ... das würd ich natürlich ..." Ich begann zu faseln.
„Nein – hab ich nicht." Und dann, etwas verletzt: „Ich hab die Zwischenzeit genutzt und eine Ausbildung zur Erzieherin angefangen!"
„Erzieherin?"
„Ein altmodischeres Wort dafür ist Kindergärtnerin!"
„Ah ja?"
Jetzt nur keinen Fehler machen. Das Reizwort „Kinder" stand wieder im Raum ... damals für mich ja der Hinderungsgrund, unsere Beziehung fortzusetzen: ihr Kinderwunsch, ihre ganze kinderliebe Art ... sie war der reinste Kindernarr, ich damals hingegen nicht. Inzwischen sah ich vieles anders, war bereit, auf sie zuzugehen.

„Ja – das ist doch toll – ich weiß ja, wie sehr du – wie viel das Thema für dich bedeutet ... “
Sie wirkte ratlos am anderen Ende der Leitung, konnte ja nicht wissen, ob das nur reine Lippenbekenntnisse waren oder ich inzwischen meine Einstellung zu dem Thema geändert hatte. Meine Einstellung zum Leben selbst. Als Ausweich-Reaktion, wie mir schien, fragte sie daher, ehe die Pause am Hörer peinlich lang wurde: „Und du? Was hast du so gemacht?“
Es klang nur mäßig interessiert, eher als Höflichkeitsfloskel.
„Ich – ich hatte 'nen Unfall – also, schon 'nen schweren Autounfall, weißt du? Wär' fast dabei draufgegangen – aber jetzt ist alles wieder soweit okay ...!“, beeilte ich mich hinzuzufügen. Denn ich hörte jäh aufflammendes echtes Interesse bei ihr heraus, da sie einen kleinen Aufschrei nur mühsam unterdrückte.
Rasch erzählte ich ihr von meiner Reise in die USA und meinem Mietwagen in New York und dem Unfall, den ich nur knapp und glimpflich überlebt hatte.
„Na – dann hattest du ja echt 'nen Schutzengel bei dir!“, sagte sie nachdenklich. Ihre Stimme klang jetzt ganz verändert.
„Einen? Vermutlich mehrere ...!“, sagte ich aufrichtig. Was ich ihr verschwieg, war, dass es jener schwere Unfall war, der mir als Flashback sogar eine Rückführung in mein voriges und auch noch vorvoriges Leben gebracht und mir somit überraschende Einblicke in mein früheres Leben als Indianer und davor auch als Adler gewährt hatte. Ich fand, zu viel auf einmal sollte ich ihr auch nicht zumuten.

***

Nachdem ihre aufrichtige Sorge, die ich aus ihrem Tonfall heraushörte, das Eis bei uns gebrochen hatte, fühlte ich mich zum nächsten Vorstoß ermutigt. Ich sagte, so ganz leichthin, als läge für mich gar nicht so viel Entscheidendes in diesem Vorschlag: „Ich finde, wir könnten uns doch einfach mal wieder treffen ... meinst du nicht?“
„J-ja ...“, stimmte sie zu.
Ihr kurzes Zögern entging mir nicht. Aber sie hatte „ja“ gesagt.

Mein Puls begann zu rasen. Ich würde den angerichteten Schaden wiedergutmachen, mich nicht mehr aufführen wie der Elefant im Porzellanladen – und ich hatte viel emotionales Porzellan bei ihr zerschlagen, sie zutiefst verletzt, das fühlte ich nun und spürte auch aufrichtiges Bedauern. Gedankenlos hatte ich dahingelebt, die Freundin an meiner Seite war nichts als Kurzweil gewesen, eine nette Begleiterin für die Disco und andere Freizeit-Aktivitäten. Nun begann ich, sie ernsthaft als eigenständige Person wahrzunehmen, als mögliche Partnerin. Und ich beschloss, mich diesmal der Verantwortung für einen Weg zu zweit zu stellen.

***

Doch nach diesem ersten Anruf hörte ich zunächst einmal – gar nichts. Das Gespräch war doch geglückt – oder? Hatte ich mir da zu viel eingebildet? Oder hatte sie es sich inzwischen wieder anders überlegt? Wollte sie sich vielleicht doch nicht auf eine erneute Beziehung mit mir einlassen?
Darüber zerbrach ich mir tage- und besonders nächtelang den Kopf. Ruhelos wälzte ich mich im Bett umher und die Gedanken kreisten in meinem Kopf. Vielleicht erschien ich ihr ja zu opportunistisch, zu unzuverlässig? Einmal Beziehungskrise – immer kriselnd? Es war immerhin ein schwerer Affront gewesen, als ich damals einfach mit ihr Schluss gemacht hatte, ohne dass sie sich etwas hätte zuschulden kommen lassen … ich hatte sie ja einfach fallen lassen wie eine heiße Kartoffel …
Die Tage der Unsicherheit und des quälenden Zweifels schlichen dahin wie auf lautlosen Katzenpfoten. Den Mut, nochmals bei ihr anzurufen, brachte ich nicht auf. Wenn sie es nicht von sich aus tat – wie könnte ich da nachhelfen …? Mit jedem Tag wurde ich niedergeschlagener.
Dann – an einem Donnerstag – kam der erlösende Anruf. Ich erkannte ihre Nummer auf dem Display und brach in Jubelrufe aus, allein schon, weil sie sich meldete – doch die Jubelrufe blieben mir im Hals stecken: Ich wusste ja noch gar nicht, was sie mir genau mitteilen würde!

Bange nahm ich das Gespräch entgegen. Der zarte Faden zwischen uns durfte jetzt nicht reißen!
Mir rasten Schauer von Eisnadeln durchs Blut, mein Magen verkrampfte sich und fühlte sich an wie eine Schlangengrube.
„Hallo – Jochen?"
„Ja, hallo Illona! Freut mich, dass du anrufst – echt!"
Meine aufrichtige Freude musste sie einfach heraushören. Ich vernahm ein kleines Lachen.
„Ich wollte dich nur mal fragen, ob wir uns halt mal wieder treffen. Ich hab drüber nachgedacht, du. Wir probieren es einfach nochmal. Aber, ich warne dich –", und mir gefror das Blut in den Adern –, „kein kitschiges teures Candle light-Dinner oder sonstiger Pomp! Dann sind wir sofort geschiedene Leute!"
Wir machten eine Uhrzeit aus, und sie legte auf. Ich drückte das Gespräch weg und stieß eine Faust in die Luft. „Jippiiiiie!"

***

Natürlich hatte ich jetzt große Angst, unser Wiedersehen könne zum Fiasko werden. Nur jetzt ja nichts verpatzen! Doch ich wollte mir meine innere Anspannung nicht anmerken lassen. Ich gab mich betont locker, als ich sie um die Straßenecke biegen sah. Wir hatten einen Treff in der Fußgängerzone in der Altstadt ausgemacht, in einem kleinen Café einer amerikanischen Kette, und danach wollten wir am Fluss entlangbummeln – wie ich hoffte, Hand in Hand oder sogar Arm in Arm ...

Ich lud sie ein, klar, und sie lehnte das ebenso klar ab. Na gut – ich zuckte die Achseln. Konnte ja noch kommen. Nur ja jetzt keinen Druck machen. Vielleicht behielt sie sich die letzte Entscheidung noch vor ... Mochte sie also ihren ersten Kaffee und Cupcake noch selber zahlen ...
Fast kam ich mir vor wie jemand, der wegen guter Führung Freigang hat – jederzeit konnte ich von ihr in das Gefängnis meiner Einsamkeit zurückgeschickt werden ... diesmal lag der Spielball in unserer Beziehung eindeutig in ihrem Feld, und das wusste sie.

Sie wirkte unbefangener als ich – vermutlich, weil sie ja die innere Freiheit hatte, zwischen mir und nicht mir zu wählen – während ich von ihrer Wahl innerlich abhängig war und um ihr Urteil über mich bangte.
Herzhaft biss sie ein Stück von ihrem Blueberry-Muffin ab – ich wusste, sie hatte eine Schwäche für Blaubeeren. Wie sie in dem weichen, saftigen Muffin schwelgte, wirkte sie fast, als würde sie ihn küssen, so wie bei den blödsinnigen Werbespots, wo schöne Frauen mit sinnlicher Geste irgendwelche Pralinen oder Eistüten vernaschen. Mir wurde heiß.
Als Ausweichreaktion trank ich dann von meiner eisgekühlten Cola light.

Wie es dann kam, weiß ich nicht mehr – manchmal ergeben sich große Sachen ganz klein, ganz unauffällig. Als wir das Café verließen und durch ein krummes Altstadtgässchen in Richtung Fluss hinunterschlenderten, bei sommerlich-warmem Wetter, das einen an Italien oder Spanien erinnerte, machten wir auf dem schmalen gepflasterten Gehsteig einem älteren Herrn mit seinem Hund Platz, einem lustigen grauen Schnauzer. Illona lächelte dem Herrn freundlich zu, während sie Hund und Herrchen auswich, um sie durchzulassen, damit sie nicht auf die Straße ausweichen mussten, auf der gerade ein Lieferwagen entlang rumpelte. Ich blieb hinter Illona stehen, um sie nicht umzurennen, und reflexartig legte ich ihr eine Hand auf den Rücken. Irgendwie ließ ich meine Hand dann dort.
Da sie nicht protestierte, wurde ich mutiger, und so gingen wir nach einer Weile in der Tat Arm in Arm an der Uferpromenade entlang – tatsächlich Arm in Arm, so wie früher … probeweise.
Der erste Kuss folgte erst später, bei unserem nächsten Treffen. Es war mir, als wollte sie Schritt für Schritt, Kuss für Kuss wiedererobert werden … ich durfte ihr nicht mal rote Rosen mitbringen. Unsere Küsse hatten noch etwas Flüchtiges, Spontanes und irgendwie Unverbindliches.
Doch mit der Zeit entspannte sie sich, sie schien mir zunehmend zu vertrauen, und ich freute mich ehrlich darüber. Es war, als ob ich damals ein süßes kleines Kätzchen vor die Tür gesetzt hätte

und es nun wieder einließ und es zauderte und sich überlegte, ob ich mich nun wirklich erbarmte oder es nur so eine Laune von mir war oder gar Berechnung. Aber ich war so gar kein berechnender Typ, das wusste sie ja eigentlich – gerade darum, weil ich so geradlinig war, hatte ich ja damals so viel Porzellan zerschlagen.

Wir trafen uns inzwischen regelmäßig. Unsere Gespräche verliefen jetzt wieder ganz entspannt, in lockerem Plauderton und mit ehrlichem Interesse, und nur dann von längeren Pausen unterbrochen, wenn wir uns küssten. Und das taten wir nun ausgiebig – wir hatten ja auch einiges nachzuholen.
„Was macht dein VWL-Studium?“
„Naja, nach dem Unfall damals musste ich ja erstmal zur Reha – ein Wunder, dass keine Folgeschäden nachgeblieben sind! Und das hatte mich natürlich erst mal um ein Semester zurückgeworfen. Aber inzwischen steh ich im Abschluss-Examen, und danach will ich mich sofort bewerben ...“
Eigentlich war so ein Examen ein Beziehungskiller. Aber unsere Beziehung war mir jetzt so kostbar geworden, dass ich sie um keinen Preis mehr aufs Spiel setzen wollte, weder durch Examensstress noch durch unbedachte Worte oder sonst was.
Und so langsam wurde es ernst zwischen uns. Noch immer hatte sie sich nicht entschieden, blieb bei unseren Treffen etwas Unverbindliches – fast so, als hätten wir nur eine Ferienromanze. Doch sie spürte auch meine unausgesprochene Frage, die zwischen uns im Raum stand – und auch, dass nun langsam der Zeitpunkt gekommen war, sich ihr zu stellen.
Wir saßen grad an einem sonnigen Nachmittag auf einer Parkbank, unter dem grünen Laub-Baldachin einer ausladenden Kastanie, im lichtgesprenkelten Schatten, und blickten auf den Fluss hinaus. Das silberne Flimmern der vorbeiziehenden sanften Wellen hatte etwas Hypnotisches, und lange Zeit schwiegen wir einfach.
Dann sagte sie plötzlich und unvermittelt:
„Hast du dich so verändert?“
„Hm – ich glaub‘ schon! Und ich hoffe: zum Besseren!“

Sie lachte leise. „Es wär' echt schön, wenn du tatsächlich – also, ich würd' es ja gern glauben –"
„Dann gib unserer Beziehung doch 'ne zweite Chance!"
Sie schwieg. Aber sie nickte.

***

Über meine früheren Leben könnte ich erst mit ihr reden, nachdem unsere Beziehung schon etwas belastbarer wäre, das spürte ich. Und „belastbarer", das hieß vor allem, dass wir zuvor gemeinsam unsere Beziehung wieder vollständig aufleben ließen. Ganz und gar und hautnah.
Die Gelegenheit dazu ergab sich nicht so schnell, wie ich mir wünschte. Es vergingen quälend-lange Wochen. Ich wusste: Sie spielte nicht mit mir, sie überlegte sich einfach, ob sie es nochmals wagen sollte, sich wirklich mit mir einzulassen. Es war verständlich: Sie wollte keinen zweiten Reinfall erleben, und deshalb zügelte ich meine Gefühle und übte mich in Geduld. Sie schien es zu spüren und dankbar dafür zu sein, dass ich die Dinge reifen ließ und keinen Druck auf sie ausübte.
Dann, endlich, hatte ich sie so weit, dass ich sie abends nach Hause bringen durfte: die klassische Gelegenheit, um sich nicht brav an der Haustür verabschieden zu müssen, sondern noch hineingebeten zu werden, Platz zu nehmen, ihre vertraute Nähe genießen zu dürfen und noch mehr …
Und erstaunt stellten wir fest, dass unsere erloschen geglaubte Liebe wieder aufloderte, und der Rest an Vorbehalten und Bedenken verglühte in den aufflammenden Emotionen zu Asche …

***

Es war wie ein Dammbruch. Die Emotionen schwappten bei uns beiden über. Nachdem sie sich erst einmal aus ihrem Schneckenhäuschen wieder herausgetraut hatte, sprühte sie vor Unternehmungslust und Initiativen, gemeinsam die Zeit zu verbringen. Offenbar hatte auch sie das Bedürfnis, viel Entgangenes nachzuholen – obwohl sie ja nicht auf mich gewartet hatte.

Wir machten zusammen Radtouren, gingen joggen und italienisch essen, alles mit einer wiedergewonnenen Leichtigkeit, doch auch mit einer neuen Behutsamkeit. Ich wurde zurückhaltender in meiner Sichtweise, setzte nicht mehr spontan einfach die Ego-Brille auf, sondern begann auch, ihren Standpunkt zu hinterfragen, mich in sie hineinzuversetzen, zumindest versuchsweise – für mich eine recht ungewohnte mentale Übung. Doch es war auch spannend, eröffnete mir ganz neue Sichtweisen und somit letztlich auch für mich eine neue Perspektive. Allmählich kam eine ganz neue Offenheit und Vertrautheit zwischen uns auf, die es vorher, damals, nicht gegeben hatte.

***

Dann kam der Tag, an dem ich ihr meine Aufzeichnungen anvertraute, meine protokollartigen „Bücher" über meine Flashbacks: Meine früheren Leben als Native American, bei den Western Sioux, den Lakota, und davor als Weißkopf-Seeadler.

Sollte sie mich jetzt für verrückt halten, dann würde ich es als wohlverdiente Strafe dafür ansehen, was ich ihr durch meine vorschnelle Trennung angetan hatte. Ich spürte, wie ich rot wurde.

Zunächst gab ich ihr die Protokolle ganz einfach zu lesen, ohne Kommentar, um ihre Reaktion abzuwarten. Sie hielt das Ganze für eine therapeutische Methode, mein Unfalltrauma zu verarbeiten. Doch je länger sie las, desto mehr las sie sich fest, ließ sich vom Inhalt fesseln, und ihre Augen wurden immer größer.

Schließlich sah sie auf und mich an. „Und … und das alles da glaubst du? Du hältst die Erinnerungen für echt?"

Jetzt kam der Augenblick der Wahrheit. „Ja", sagte ich schlicht.

Und fügte hinzu, um dieses Ja mit etwas Humor abzufedern: „Wie du siehst, ist der Unfall meinem armen Hirn schlecht bekommen …!"

Doch sie ließ sich von diesem humorvollen Ablenkungsmanöver nicht beirren. Sie spürte: Es war mir ernst mit meinen Aufzeichnungen. Ich glaubte jedes Wort. Und dann spürte ich: Sie glaubte es auch. Rasch durchblätterte sie meine Aufzeichnungen, las hier

und da stichprobenartig und verkündete dann: „Du – das muss ich mir alles mal in Ruhe zu Gemüte führen …! Das ist ja ganz schön starker Tobak!“
Und nach einem Augenblick des Nachdenkens: „So viele Details kann man gar nicht darüber wissen, wenn man nicht wirklich dabei war und das nicht alles selber erlebt hat!“

***

Die Falknerei

Kaum war das zarte Pflänzchen unserer Beziehung aus der Asche des ersten Scheiterns, das wir hinter uns gelassen hatten, wieder aufgekeimt, waren wir beide bemüht, möglichst rasch alles nachzuholen, was uns damals entgangen war. Ein probates Mittel dazu war, außer natürlich Küssen und mehr, möglichst viel gemeinsam zu unternehmen.

Da wir beide nicht die ausgewiesenen Disco-Typen waren, sondern es uns mehr in die Natur hinaus zog – etwas, das wir beide gemeinsam hatten –, beschlossen wir, einen Naturlehrpfad näher kennen zu lernen, von dem Illona schon öfters gehört hatte und den sie sich mal genauer ansehen wollte, weil sie sich besonders auf Naturpädagogik spezialisierte: Naturerfahrungen für Kinder, zum Anfassen, Entdecken, Erkunden.

„Oh ja – das ist sicher interessant – auch für uns Erwachsene!", stimmte ich zu – inzwischen meinte ich es sogar ernst.

So fuhren wir mit der Seilbahn hinauf auf den Berg, der uns in den Wald über der Stadt brachte. Dort oben waren verschiedene Waldwege als Trimmpfade, Panoramawege und eben auch als erlebnispädagogische Lehrpfade ausgewiesen, für Erwachsene wie Kinder. Für die Großen gab es bunte Schautafeln mit Erklärungen über das Ökosystem Wald und seine Bewohner, für die Kleinen gab es Waldspielplätze, Klanghölzer, mit der Motorsäge zurechtgeschnitzte Holztiere und vieles mehr.

Sogar ein Grillplatz für Familien war dort angelegt, mit Holzschindel-gedecktem Wetterdach. Illona war ganz begeistert von den Möglichkeiten, die ihre Kindergarten-Kinder (und irgendwann unsere eigenen, dachte ich nun ohne jene frühere Beklommenheit) vorfinden würden, um Eicheln und Kastanien, buntes Laub und Federn, weiches Moos und raue Borke zu sammeln, zudem mit wachen Blicken Waldvögel, Käfer und Eichhörnchen zu beobachten …

Und dann stießen wir auf die Falknerei. Sie war ein beliebtes Ausflugsziel, doch wir gelangten eher zufällig dorthin. Doch was ist schon Zufall?

Diesmal war ich der Begeisterte, und Illona setzte sich geduldig zu mir, als wir Eintrittskarten für die Flugvorführungen der Greifvögel gelöst hatten und auf hölzernen Bänken auf der kleinen Lichtung im Walde Platz nahmen. Es gab Vorführungen für Jung und Alt, für Erwachsene, gerne auch Familien mit kleineren Kindern, und Schulklassen, um die Jugend an die Tierwelt heranzuführen und sie für die Natur zu begeistern.

Der Falkner und seine Gehilfin waren mit Herzblut dabei, sie erzählten uns spannende Dinge aus dem Leben der Greife, führten uns deren faszinierende Flugkünste vor, wie sie nach dem kreisenden Federspiel jagten und sich ihre Belohnung in Form von toten Eintags-Küken holten. Hier sah ich viel mehr Sinn im kurzen Leben dieser Küken, als wenn diese einfach nur als Müll geschreddert würden, quasi als „Abfallprodukt" einer qualvollen Massentierhaltung … Hier, in den Klauen und Schnäbeln der hungrigen Greife, machte der Tod der Küken wenigstens noch insofern Sinn, als dass er den zahmen Greifvögeln und anderen Zootieren half, zu überleben …
Der Falkner versicherte uns, es liege ihm sogar sehr viel daran, die Tiere nicht nur als seine Gefährten zu halten, sondern sich auch an Zuchtprogrammen für gefährdete Greifvögel zu beteiligen; er würde also nach einigen Jahren seine Tiere an Zoos abgeben, aber nur, wenn sie auch Flug-Volieren hatten, damit seine Tiere das Fliegen nicht verlernen würden. Das gefiel uns sehr.
Dem Publikum vorgeführt wurden Falken, Eulen und – Adler!

Zu Adlern hatte ich aufgrund meiner ungewollten Rückführung ja nun ein ganz besonderes Verhältnis … und schon begann mein Herz wieder vor Aufregung schneller zu schlagen, so wie bei einem Rendez-vous mit Illona … in meinem Hinterkopf begann sich ein abenteuerlicher Gedanke zu bilden!

Adler sind den First Americans heilig – das weiß jedes Kind. Aber warum? Weil sie so stark und kampfkräftig sind, so sprichwörtlich scharfe Augen haben, von allen Vögeln am höchsten fliegen können, weil ihr Mut und auch ihre partnerschaftliche Treue so beeindruckt – Letzteres wissen hierzulande nur wenige, ich hatte es hingegen damals selbst erlebt! Und: Die Adler haben für Reiki-Sensitive eine ganz besondere Kraft, eine Ausstrahlung, eine Aura – die so genannte **wanblí wówash'ake**, Eagle power, wie ich bei meinen Online-Recherchen über die Natives und ihre Naturvorstellungen herausgefunden hatte – und diese war eine spirituelle Kraft, **wówakan**, da der Adler zugleich auch der kleinere Bruder des Donnervogels ist, des **Wakínyan** – da soll er wohl die Kräfte der Lüfte und des Windes in sich tragen – ,und genau diese Kraft wollte ich nun gerne einmal selbst erleben!

Ich weiß – das alles mag für einen modernen, wissenschaftlich „aufgeklärten" Europäer bizarr klingen – , aber möge er doch selber mal ein zahmes Tier streicheln, gar zu einem Wildtier Kontakt aufnehmen – , und er wird die Kräfte fließen fühlen, da bin ich sicher. Sogar bei Pflanzen spürt man ja deren Kräfte, etwa bei Bäumen. Um wieviel stärker, geradezu elektrisierend, mussten da die Adler-Kräfte sein!
Und ob ich an so was wie den Donnervogel glaubte? Natürlich glaubte ich das, was uns die Wissenschaft erzählt, also etwa, dass Blitze elektrische Entladungen sind – doch wer hat je schon einmal ein Elektron mit eigenen Augen gesehen? Konnte nicht irgendwie beides wahr sein: Es gab Elektronen – und eben Donnervögel? War nicht das eine ein moderner, wissenschaftlicher Mythos und das andere ein traditioneller? Waren es nicht beides eine Art Mythen, um sich als Mensch die Welt erklärbar zu machen? Ein moderner Mythos, um abstrakte Berechnungen von Forschern zu veranschaulichen, und ein uralter, um das Wettergeschehen irgendwie ansprechend zu deuten ... Und wenn diese Erklärungen stimmig waren – war nicht dann beides, Elektron und Donnervogel, irgendwie „wahr"? Die Lakota behaupten jedenfalls genau dieses, wie ich später bei ihnen erfahren sollte. –

Doch zunächst einmal bemühte ich mich, das Vertrauen des Falkners zu gewinnen. Wir kamen wiederholt an Wochenenden in seine Vorführungen, spendeten auch für ein Vogelschutz-Projekt, kauften jeder ein T-Shirt mit Adler-Motiv – kurz, wir zeigten unser ganzes aufrichtiges Interesse. Ja, unseres: denn auch Illona war rasch der Faszination dieser majestätischen Greifvögel erlegen! Auch das brachte uns emotional noch näher zusammen.

Mir ging es mit dem Falkner irgendwie ähnlich wie mit Illona: Ich spürte, ich musste erst behutsam eine tragfähige Basis des Vertrauens aufbauen, ehe ich mich mit meinen Wünschen weiter vorwagen durfte. Daheim recherchierte ich auch fleißig im Internet über Adler, um mit dem Falkner und seiner Frau, die zugleich auch seine Assistentin bei den Flugshows der Greife war, über diese herrlichen Tiere fachsimpeln zu können. Immer öfter blieben wir daher auch nach Ende der Flugvorführungen da, wenn sich die anderen Besucher schon längst zum Ausgang begeben hatten und wir in dem Areal nunmehr allein waren.
Und dann, an einem schönen, heißen Sommertag, wo es hier auf der Waldlichtung besonders angenehm kühl war unter dem Schatten der großen Laubbäume, an einem Tag, der einfach perfekt war, wagte ich es, mein Anliegen vorzubringen: ... ob man nicht einmal selbst solch einen Greifvogel auf den Arm nehmen dürfe, um ganz dicht in Kontakt mit ihm zu sein, um zu spüren, wie sich das anfühlen würde ....?
Der Falkner sah mich genauso erstaunt an wie Illona. Der hatte ich zuvor nämlich nichts davon erzählt. Der Falkner schwieg. Sah mich an. Aus zusammengekniffenen Augen, die in seinem sonnengebräunten, hageren Gesicht selber leuchteten wie Falkenaugen. Er schwieg lange. Ich begann, mich unbehaglich zu fühlen, so, als hätte ich eine unsichtbare Grenze überschritten. Gerade wollte ich einen Rückzieher machen und sagen: „Entschuldigung, es war einfach nur so eine Frage, eine Idee von mir ...", da nickte er bedächtig und sagte: „Wir fangen aber nicht gleich mit dem großen Adler an – der ist was für Fortgeschrittene! Wenn du Tiere wirklich liebst, dann wirst du zunächst mal meine kleinen Falken genauso schätzen –"
– Ich nickte –
„– gut, dann vertraue ich dir als Erstes einmal meinen Lieblings-Falken an. Der ist nicht etwa deswegen mein besonderer Liebling, weil ich ihn toller fände als die anderen und irgendwie be-

vorzugen würde – ich liebe und bewundere alle meine Tiere, die in meiner Obhut sind –, sondern weil er so zahm ist, dass ich ihn bei Vorführungen für Schulklassen sogar bei von den Lehrern ausgewählten, besonders zuverlässigen Kindern mal auf der Hand sitzen lassen kann! Mit dem fangen wir an!"
Begeistert nickte ich, und ich war so aufgeregt, als sei ich selber ein großes Schulkind, das gleich die ungewöhnliche und beglückende Erfahrung einer Begegnung mit solch einem herrlichen Vogel machen durfte ...

Geruhsam löste der Falkner die Leine seines zahmen Falken. „Es ist ein Saker-Falke", erläuterte er dabei, „in ihrer Heimat sind sie bedroht, übrigens auch durch illegale Entnahme von Eiern und Jungvögeln aus den Nestern. Verantwortungslose vermeintliche Tierliebhaber zahlen sagenhafte Preise für die Tiere – unsere Tiere hier gehen in Zuchtprogramme, sobald sie voll ausgewachsen sind ..."
Der Falke flatterte routiniert und vertraut auf einen Wink des Falkners hin auf dessen Handschuh. „Die Tiere sind frei, und doch bleiben sie bei uns – wie durch ein unsichtbares Band an uns gekoppelt!", sagte er und streichelte das zimtbraune, dunkel gestrichelte Gefieder seines geflügelten Freundes. „Er könnte jederzeit wegfliegen – manchmal tun sie das auch für eine längere Exkursion –, doch sie kommen immer wieder. Ich glaube, ich bin nicht nur ihr Futtergeber – denn jagen könnten sie durchaus für sich selber. Ich hoffe – es ist wirklich so was wie Freundschaft ..."
Auf einmal wurde seine Stimme belegt, und seine Augen schimmerten.
Wir nickten, beeindruckt und andächtig. Der Falkner nickte kurz seiner Frau zu, und die reichte mir freundlich, aber kommentarlos einen Ersatz-Handschuh. Aufgeregt streifte ich ihn mir über. Dann drückte mir die Frau ein Kükenbein in den Handschuh. Der Falke beäugte das auch aufmerksam, blieb aber ganz gelassen auf dem Arm des Falkners sitzen. Erst als dieser sagte: „Ho!" und ihn mit einem leichten Schubser aufsteigen ließ, schwang sich der Vogel auf – und war schon auf meinem Handschuh gelandet, so schnell, dass es mich verblüffte.

Er hackte und zerrte an dem Stück Fleisch, und dabei veränderte er seine Haltung auf meinem Handschuh, und auf einmal war da, wo seine Kralle hingriff, kein Handschuh mehr, sondern mein Arm, und wie eine spitze Nadel bohrte sich die Kralle in meine Haut. Der Falkner bemerkte das sehr wohl, lächelte aber abwartend. Ich biss die Zähne zusammen und blieb ganz ruhig. Bloß ja jetzt nicht den Falken durch eine unbedachte, plötzliche Bewegung verscheuchen! Er hatte mir ja gar nichts antun wollen, war nur einfach mit seinen Klauen vom grobledernen Handschuh abgerutscht und hatte versehentlich meine bloße Haut erwischt …
Das war meine Feuertaufe! Als der Falkner sah, wie ruhig und souverän ich blieb, nickte er anerkennend und beschloss, mir auch den Adler anzuvertrauen. „Aber erst nächstes Mal!", erklärte er mir zu meinem Erstaunen. „Warum denn?", fragte ich neugierig.
„Damit dein heutiges Erlebnis mit dem Falken nicht von der Begegnung mit dem Adler überlagert und die Erinnerung daran ausgelöscht wird!", meinte er lachend. Ich nickte. Irgendwie konnte ich das verstehen. Der Falke war es wert, eine eigene Erinnerung zu sein, seinen eigenen Platz in der Galerie meines Gedächtnisses einzunehmen.

***

Und dann kam der große Augenblick mit dem Adler! Illona war genauso aufgeregt wie ich, legte aber keinen Wert darauf, mir nachzueifern und einen Riesengreifen auf ihren Arm flattern zu lassen, der fast sechs Kilo schwer war. Wenn er nur wuchtig die Flügel ausbreitete und schüttelte, dann spürte man schon den Luftzug. Auf einmal fand ich die Vorstellung von einem unsichtbaren Donnervogel, der mit seinen gigantischen Schwingen brausende Stürme erzeugte, gar nicht mehr so abwegig. Ich fand den Gedanken einfach äußerst passend.
Wieder erhielt ich einen Falkner-Handschuh zum Überziehen und einen Fleischköder.
„Es ist ein junger Weißkopf-Seeadler", erklärte der Falkner freundlich, als er dessen Lederschnur löste. „Dreieinhalb Jahre

alt. Am Hals sieht man schon, wie sich die ersten dunklen Federn weiß umfärben. Noch sieht er von Weitem fürs ungeübte Auge aus wie ein Stein- oder Goldadler, doch mit etwa vier bis fünf Jahren wird er in charakteristischer Weise ausgefärbt sein, mit seinem dann schneeweiß leuchtenden Haupt …"
Und er ließ den Adler fliegen. Der verschaffte sich erst ein wenig Bewegung, landete dann bei seinem Falkner auf dem Arm, und der trat lächelnd zu mir heran und ließ den Adler herüberflattern. Die Wucht seiner Landung drückte mir den Arm durch. Rasch stützte ich ihn mit dem anderen Arm ab. Der Falkner lächelte wortlos. Er hatte damit gerechnet. Er war es ja gewohnt.

Dann, endlich, hielt ich also den majestätischen Adler auf dem Arm. Es war atemberaubend – ein so stolzes und kühnes Tier auf dem Falkner-Handschuh sitzen zu haben! Dessen Fänge, groß wie Männerfäuste, schließen sich schraubstockartig um deinen Arm, und du spürst: Wärst du im Würgegriff seiner Klauen, so gäbe es kein Entrinnen. Sogar noch durch das Grobleder der Handschuhe spürst du den Druck der Krallen, und das stattliche Gewicht von fast sechs Kilo, da auf deinem Arm, drückt diesen bedenklich hinunter – mit aller Kraft hebst du deinen linken Arm wieder, so dass der Adler dort bequem sitzen kann wie auf einem Ast.
Und das Aufregendste: Dicht vor dir, nur eine Handbreit entfernt, blitzen seine schwefelgelben Augen, glasklar und unbeirrbar. Er blickt dich kurz an und dann an dir vorbei, scharf ist sein Blick – kein Wunder, dass die Natives darin Blitze schießen sehen und im Adler den kleinen Bruder des Donnervogels erblicken!
Zudem kann der Adler von allen Vögeln am höchsten fliegen: aus der Vogelperspektive hat er den Überblick über das Leben, buchstäblich, wie ihm die Welt da zu Füßen liegt, tief unter seinen Schwingen ausgebreitet wie eine bunte Morning-Star-Patchworkdecke, und seine Augen erspähen alles mühelos, noch auf mehrere Kilometer Entfernung. Ja, der Adler auf seinem kreisenden Flug, mit weiten Schwingen den Horizont umspannend, flog einst so hoch, dass ihm die Sonne das Schwanzgefieder ansengte … seitdem, so erzählt der Mythos, haben viele Adler einen

schwarz gesäumten Schwanz. Vor allem auf Goldadler trifft das zu, die Weißkopf-Seeadler haben meist rein weiße Schwanzfedern, wie mir der Falkner erklärt. Doch alle Adler eint ihre Kraft und ausdauernde Flugkunst. Sie sind die mächtigen Herrscher des Luftraums und tragen die Gebete der Natives empor.
Irgendwie fühle ich mich gestärkt, als ich den Adler wieder zu seinem Falkner (nicht: zu seinem Herrn!) zurückkehren lasse, eine richtige Dusche prickelnder Energie hat er mir verpasst, die Luft um ihn herum ist wie elektrisch aufgeladen, ich spüre es, sogar durch den Lederhandschuh hindurch fließen die Energieströme. Illona ist stolz auf mich, dass ich so mutig war, doch ich bin einfach nur dankbar. Irgendwie, in meinem Innersten, fühle ich mich dem Adler verbunden. Er ist für mich der Bote aus einer anderen Welt.

***

Die Begegnung mit dem Adler hat auch nochmals Illonas Auseinandersetzung mit dem Tagebuch über meine Erinnerungen an frühere Leben aufgefrischt. Ich beginne – noch ohne recht zu ahnen, warum –, ihr vom Leben der Natives gestern und heute zu erzählen. Alles, was ich darüber in Büchern oder im Internet gelesen habe oder auch in Fernseh-Dokus gesehen. Und natürlich, was ich selber noch in meinem Kopf an Bildern gefunden habe, als verschütteter Tresor. Diese Bilder sind noch viel unmittelbarer als alles, was ich mir angelesen oder online recherchiert habe – denn sie sind mit meinen eigenen, persönlichen Gefühlen aufgeladen, von meiner jenseitigen Erinnerung imprägniert. Meine Begeisterung für dieses Thema, das mich so sehr berührt, springt auch auf meine Freundin über wie ein Funken und aufmerksam hört sie mir zu. Noch ahnen wir nicht, wie sich alles entwickeln wird, was da noch alles auf uns zukommt.

***

Bei Wikipedia erfuhr ich vieles, in das ich mich erst einmal hineindenken musste – doch meine Neugier war geweckt. Wo und wie lebten die Natives eigentlich heutzutage? Intuitiv klickte ich einen Artikel über eine der Reservationen an und erfuhr:

„Die **Pine Ridge Reservation** (Lakota-Sprache Oglala Oyanke) ist ein Indianerreservat im Südwesten des US-Bundesstaats South Dakota, an der Grenze zu Nebraska. Das Reservat erstreckt sich über eine Fläche von etwa 11.000 km². Der Großteil des von Oglala-Lakota bewohnten Reservats liegt im Oglala Lakota County und Jackson County. Hauptort ist Pine Ridge."

Ich wusste: Dieses Land war zudem noch dünn besiedelt. Man schätzt die Bevölkerung auf etwa 30 - 40.000 Einwohner, weit verstreut in kleinen Siedlungen und entlegenen Weilern auf diesen 11.000 km². Zum Vergleich: Das Bundesland Schleswig-Holstein hat etwas über 15.000 km², dachte ich. Es klingt ja ganz groß, ganz großzügig – doch wenn man weiß, dass die weißen Regierungen den Natives das beste Land in den letzten 150 Jahren weggenommen hatten und ihnen nur kümmerliche Reste des einstigen Stammesterritoriums ließen, dann stellt sich das schon ganz anders dar. Und diese fortschreitende Landnahme erfolgte auch noch völkerrechtswidrig, durch Vertragsbrüche. Ich ahnte da noch nicht, wie vertraut mir schon bald die dortigen, mir bisher nichts sagenden Ortsnamen werden sollten …

Neugierig las ich weiter und erfuhr mit steigender Beklommenheit, dass die Arbeitslosenquote im Reservat bei 85 % läge und die Suizidrate viermal so hoch wie der Landesdurchschnitt sei. Viele Familien haben weder Strom noch ein Telefon. Mit einer Lebenserwartung von 47 Jahren für Männer und nur etwas mehr als 50 Jahren für Frauen sei die Lebenserwartung der Bewohner des Reservates eine der kürzesten aller Gruppen der westlichen Hemisphäre.

Wovon leben die da eigentlich?, fragte ich mich unwillkürlich. Jagd auf Kleinwild, Sammeln von Wildfrüchten, Wurzeln und Samen oder etwas Gartenbau. Na toll – einen Bio-Garten würde ich ja schon gern anlegen und meine eigenen Tomaten züchten – aber würde das denn überhaupt möglich sein in so einer kargen Gegend? Einem Land, das an die Halbwüste der Badlands grenzte …? Wie wäre es, wenn ich dort leben wollte oder müsste? In

Gedanken sah ich mich schon widerwillig und notgedrungen auf wilde Truthähne schießen, um die magere Kost zu bereichern …

Besonders interessierte mich natürlich, was ich zur Geschichte der Reservation fand:
„Die Pine Ridge Reservation war ursprünglich ein Teil der Great Sioux Reservation" – ach ja, hatte ich da nicht mal irgendwas gelesen, ich erinnerte mich an das geflügelte Wort, das Land von den Black Hills über den Powder River bis zu den Bighorn-Bergen solle uneingeschränktes Jagdgebiet der Natives bleiben, „solange das Gras wächst und die Flüsse fließen".
So viel zum Thema unverbrüchliches Wort der Weißen. War es Präsident Johnson gewesen, der diese Zusage geprägt hatte? Hatte ich darüber bei Dee Brown, Begrabt mein Herz an der Biegung des Flusses, gelesen? Ich wusste es nicht mehr. Jedenfalls las ich weiter bei Wikipedia über dieses Reservat, „das durch den Vertrag von Fort Laramie von 1868 eingerichtet worden war und ursprünglich 240.000 km² in South Dakota, Nebraska und Wyoming umfasste. 1876 verletzte die US-Regierung den Vertrag von 1868 und öffnete 31.000 km² der Fläche des Reservats in den Black Hills für private Interessen."
Jaja, es ging vor allem um Gold!, dachte ich wütend. 1874 war in den für die Lakota und anderen Natives heiligen Schwarzen Bergen Gold gefunden worden, dieser Fetisch weißer Materialisten … Was für die einen eine dreiste Vertragsverletzung war, erwies sich für die anderen als existenzbedrohend … Tja, was steht da noch alles? Hier:
„1889 wurde die übrige Fläche des Sioux-Reservats in sieben separate Reservate aufgeteilt: Cheyenne River Reservation, Crow Creek Indian Reservation, Lower Brulé Reservation, Rosebud Reservation, Sisseton Reservation, Yankton Reservation und Pine Ridge Reservation."
Also ein einstmals zusammenhängendes Gebiet zerstückelt, zerfleddert, geplündert, die für die Weißen interessantesten Teile kurzerhand herausgenommen. So pickt man sich die Rosinen aus dem Kuchen! Doch das war noch nicht alles: „1911 wurde die Pine Ridge Reservation weiter verkleinert: Bennett County wur-

de als Folge des Allotment Act aus dem Reservat ausgegliedert, was jedoch bis heute nicht von den Oglala anerkannt wird. Gut die Hälfte der Bevölkerung von Bennett County sind heute Oglala, denen jedoch nur etwa ein Drittel des Landes gehört."

Darüber hatte ich mal was gelesen: Die weiße Regierung hatte kurzerhand beschlossen, wer sein Land nicht bewirtschaften würde, der würde es an „fähigere" Siedler, die das Land auch bestellen würden, abtreten müssen – dabei wollten die Lakota Großmutter Erde ja gar nicht mit dem Pflug aufreißen, sie durch Dünger zwingen, zur Unzeit Frucht zu bringen; sie wollten sie in Ruhe lassen, aus Respekt und Ehrfurcht vor der Schöpfung, so wie sie war – kein Wunder, dass sie da als „unzivilisierte, rückständige, faule Barbaren" galten und man sich unter diesem Vorwand ihrer scheinbaren Ineffizienz deren Land immer weiter aneignete, parzellierte, unter sich aufteilte ... „Indian Land for Sale", einfach so – der Landhunger der Weißen war wie eine Heuschreckenplage.

Gut, es waren verzweifelte Auswanderer aus Europa, die durch Hunger, Kriege und Armut aus ihrer alten Heimat vertrieben worden waren – so hatte die Kartoffelpest in Irland weite Landesteile entvölkert –, doch waren die Natives ja ursprünglich sogar bereit gewesen, ihr ökologisches Wissen, wie man in ihrem Land überleben und nachhaltig Mais, Kürbis und Bohnen anbauen konnte, mit den Einwanderern zu teilen – das Thanksgiving-Fest in den USA zeugt noch heute davon. Nur die Gier der Weißen hatte diese anfangs friedliche Nachbarschaft zerstört ... Und die eingewanderten Weißen erklärten meist kurzerhand, sie hätten ja das Land von ihrer Regierung zugewiesen bekommen oder dafür auch bezahlt, ohne zu hinterfragen, wer denn zuvor dort gelebt hatte und ob denn überhaupt alles bei diesem Besitzwechsel mit rechten Dingen zuging. Die Rechte der Natives wurden einfach ignoriert ...
Da fühlte ich Fremdscham und mich nicht wohl in meiner Haut. Ich spürte: Unsere Generation hatte da etwas wiedergutzumachen ...

Und so las ich denn weiter, bestürzt und beschämt, dass ein großes Gebiet 1942 als Bomenabwurf- und später als Artillerie-Übungsgelände beschlagnahmt wurde.
125 Familien mussten das Gebiet verlassen, da es massiv bombardiert wurde. Darüber hatte ich mal in einem ganz anderen Zusammenhang etwas gelesen, nämlich in einem Buch ausgerechnet über die Dinosaurier. Dort in den Badlands liegen massenhaft fossile Riesenknochen von Sauriern, Urzeit-Rhinozerossen und anderen Tieren der Mega-Fauna herum – und diese auffälligen Landmarken dienten damals sogar bei Schießübungen als Zielscheiben! Nicht zu fassen!
2008 beschloss die US Air Force, 1,6 Millionen Dollar in Aufräumarbeiten zu investieren. Am 3. Oktober 2011 wurden die letzten vier bekannten Blindgänger kontrolliert gesprengt. Die Besitzer der Grundstücke bekamen allerdings nie eine ausreichende Entschädigung.
Die letzten bekannten Blindgänger, wohlgemerkt – und was, wenn noch weitere, übersehene, unbekannt und unerkannt im Boden schlummerten …? Den Detektoren entgangene, nicht detonierte Geschosse? Ehemalige Minenfelder sind bekanntlich nach wie vor latent gefährlich … Und hinzu kam ja noch die Belastung mit den Rückständen von womöglich giftigen Kampfstoffen und Schwermetallen, die den Boden kontaminierten …

***

Eifrig erzählte ich Illona von den Dritte-Welt-artigen Zuständen in den Reservationen, vor allem in der ärmsten von allen, Pine Ridge in South Dakota. Von der Perspektivlosigkeit bei 85% Arbeitslosigkeit erzählte ich, von den 60% Diabetes durch Fast Food, aber auch von der Tapferkeit der Menschen, die auf dem dürren Land ausharrten, das ihnen noch geblieben war – das gute Land hatten die weißen Siedler ihnen ja damals durch Vertragsbrüche weggenommen, als 1874 in den Black Hills Gold entdeckt worden war. Doch auch von den Widersprüchen erzählte ich, von Korruption und häuslicher Gewalt, von Alkohol und Dro-

gen, aber auch von Wegen, da wieder herauszukommen. Und von den Hilfsorganisationen vor Ort, die Hilfe zur Selbsthilfe boten, damit aus einem kollektiv traumatisierten, entrechteten Volk wieder ein stolzes und selbstbewusstes Volk werden konnte. Vom Büffeljäger zum Büffelzüchter, zwischen Tipis und Trailern, im Spagat zwischen Tradition und Anpassung an die Moderne, zu der man sie ungefragt gezwungen hatte.
Das Thema „Hilfsorganisationen" ließ mich irgendwie innerlich aufhorchen. Doch noch waren dies alles vage Gedanken: Die Hilfe durfte nicht von außen aufgezwungen werden, dachte ich mir, sie sollte nicht gönnerhaft geleistet werden, auch keine irgendwie erzwungene Wiedergutmachung ... sondern einfach das Engagement von Menschen, die sich gemeinsam für eine gute Sache einsetzen.

***

Dann kam ein Erlebnis, das so ganz anderer Art war als alle bisherigen, und doch meinem Leben eine andere Richtung geben sollte, ja sogar unserer beider Leben. Es war wie der letzte kleine Anstoß, der noch fehlte. Wieder war ein schöner Tag, dazu Wochenende, und wir machten eine Fahrrad-Tour ins Grüne. Leicht und beschwingt eilten wir dahin, draußen vor der Stadt, zwischen den Feldern, auf geteerten oder sandigen Feldwegen. Gräser und Wildblumen nickten am Wegesrand. Wir waren einfach froh und befreit nach einer anstrengenden Woche und freuten uns, dem Stadtleben und seinem Stress zu entfliehen.
Am Sommerhimmel zogen Wolken, weiß und feierlich, auf ihrem Weg in ferne Länder. Da es sehr warm war, machten wir Rast am Wegesrand und setzten uns auf einen großen Feldstein. Erhitzt tranken wir von unserem isotonischen Sportler-Drink. Dabei beobachtete ich entspannt die weißen Sommerwolken. Eine der Wolken hatte es mir ganz besonders angetan, sie quoll auf und veränderte ständig ihre Formen. Das war spannend, und ich sah ihr zu.
Die Wolke vor mir zerfloss im Himmelsblau. Strahlend weiß war sie, und mächtig, dabei leicht wie Federflaum. Es war eine Mi-

schung aus Haufenwolke und einem Hauch von Eiswolke, ausgebreitet zog sie dahin wie auf weißen Schwingen – aber ja, es waren riesige Schwingen, und die Wolke quoll weiter auf und nahm Form an, und jetzt glich sie eindeutig einem Adler. Einem überdimensionalen, weißen Adler.
Inzwischen hatte ich einen Blick für so etwas bekommen, und ich nahm die Wolkenbotschaft ernst, als eine Manifestation des Großen Geistes. Für mich war das nicht mehr bloß eine Wolke, die zufällig wie ein weißer Adler aussah. Sie WAR für mich zur Darstellung eines Adlers geworden, vom Weltgeist aus seinem lebendigen, kreativen Lufthauch geschaffen, damit ich sie sah und als Symbol verstand. Der Große Geist hatte diese Wolke für mich geschaffen, um mir etwas mitzuteilen. Es konnte kein Zufall sein, einen perfekten Wolken-Adler an den blauen Sommerhimmel projiziert zu finden, so als sei ein realer Adler als Figur dort zu sehen wie ein gigantisches Dia-Bild, nur eben als weiße Silhouette. Es stimmte alles: der Kopf, der gebogene Schnabel, die Proportionen, die ausgebreiteten Schwingen, ja sogar die gezackten Schwungfedern und der fächerförmig ausgebreitete Schwanz. Auch Illona neben mir sagte: „Oooooh … schau mal: Die Wolke da sieht ja genau aus wie ein Adler!“
Du siehst es also auch, dachte ich erleichtert, ich mache mir also nichts vor – diese Wolke da ist wirklich ungewöhnlich – jeder sieht das, wenn er nur einen halbwegs aufmerksamen Blick hat für seine Umwelt!
Und wir schauten fasziniert weiter nach oben, mit staunenden Blicken, ich glaube, mir stand dabei der Mund offen wie bei einem Kind, doch das machte gar nichts: Die Natur ist großartig und erschafft immer neue, erstaunliche Formen, flüchtig und vergänglich, doch von einer kraftvollen Dynamik.

Und der Wolken-Adler wirkte auf meine Sinne. Nicht nur auf meine Augen, die ich andächtig zu ihm empor hob, sondern auch auf meine inneren Sinne. Ich hörte in mir quasi seine Botschaft: „Nimm deine vergangenen Leben ernst und kehre dorthin zurück, zu den Nachfahren eurer gemeinsamen Ahnen, und gib den Menschen und der Natur dort etwas zurück von dem, was

ihr ihnen durch euer modernes Leben und die Gier einer materialistischen Gesellschaft genommen habt. Ihr seid alle Brüder. Gib ihnen Respekt und Anerkennung zurück, und hilf ihnen, die Reste der Natur zu schützen, die gegenwärtig global so rücksichtslos zerstört wird!“
Es war mir plötzlich ganz klar, dass diese Botschaft aus der Natur zu mir herüber kam, ganz ohne Worte, als große, einfache Gewissheit. Ich war ergriffen von der Bestimmtheit, mit der ich wahrnahm, dass ich jetzt Ernst machen musste mit einer neuen, ganzheitlich-ökologischen Lebensweise, und mit der Suche nach meinen verschütteten Wurzeln. Es war fast so etwas wie eine kleine Vision, die ich da hatte, als ich die Botschaft des Wolken-Adlers für mich erkannte. Ich war jetzt und hier ein Weißer, ein Jugendlicher aus Europa – doch welchen kulturellen Brückenschlag würde ich konkret nach drüben machen können, ins Land der rollenden Hügel der Prärie? Ehrlich gesagt – ich hatte keine Ahnung.

Wir saßen da auf dem sonnenwarmen Stein, und ich begann eine Diskussion über unsere Zukunft – der Zeitpunkt schien mir jetzt gekommen, während der Wolkenadler entschwebte und sich wie ein Spuk in andere Wolkenbilder auflöste. Der Hauch des Großen Geistes. Nun durfte das Ganze nicht in die Esoterik-Ecke abdriften, sondern es sollte etwas Praktisches, für Umwelt und Gesellschaft Nützliches daraus werden.
„Du“, sagte ich zaghaft, aber bestimmt, „ich – ich würde gern, dass wir beide nicht so einfach drauflos leben, gedankenlos und nachlässig, sondern uns irgendwie sozial und im Umweltschutz engagieren …“
Illona nickte erfreut. Damit hatte ich einen Nerv bei ihr getroffen. Ermutigt fuhr ich fort: „Ich hab ja nun VWL mit Wahlfächern in BWL studiert – da würde ich ganz gern, also planerisch bei der Betriebsführung einer Grassroot Organization mitmachen oder so –“ Noch etwas vage zuckte ich die Achseln. „Aber es müsste schon was sein, wovon ich – wovon wir leben können, kein ehrenamtliches Coaching also, so gern ich das auch machen würde …“ Meine vagen Pläne waren noch wie das Tasten im Dunkeln,

das Stochern im Nebel. „Irgendwie so was, halt …", sagte ich hilflos.
„Dann geh doch zu deinen Indianern und mach bei denen mit, irgendwo in der Verwaltung, was weiß ich …"
„… zu meinen Indianern?", echote ich.
Sie lachte. „Das war nicht bös gemeint – aber ich weiß ja, dass du dich emotional so sehr mit ihnen verbunden fühlst, aufgrund deiner Vorgeschichte …"
„Ja – aber was wird dann aus dir? Gesetzt den Fall, ich finde wirklich 'nen Job als Betriebswirt in irgend 'ner indigenen Firma, falls so ein Posten überhaupt mal ausgeschrieben wird, etwa bei der Produktion und Vermarktung traditioneller Nahrungsmittel oder Solar-Energie oder was weiß ich, falls die mich da überhaupt haben wollen – und wo bleibst dann du???"
Wäre sie beispielsweise Ärztin oder Krankenschwester gewesen, so was wird ja immer gebraucht, oder auch Lehrerin, dann hätte sie ja dort Englisch und Deutsch unterrichten können und Hausaufgaben betreuen, aber so …?
Da kam mir Illona zu Hilfe – ausgerechnet mit dem, was so sehr zu ihr gehörte und was ich so lange als ihren typischen Wesenszug an ihr abgelehnt hatte: „Du – ich hab' da 'ne Idee … wenn ich eh Kindergärtnerin werde – dann könnte ich doch auch drüben im Indianer-Reservat arbeiten …?"
Warum hatte ich nicht selbst daran gedacht? Also würde es doch eine gemeinsame Perspektive geben! Gemeinsam mit Illona, als meiner treuen Begleiterin, die sich tatsächlich dazu entschlossen hatte, mir dorthin zu folgen, mit dem Vorsatz, sich für die dortigen Kinder zu engagieren.

***

Ich begann gezielt, noch intensiver über die aktuellen Lebensbedingungen der Native Americans auf speziellen Websites zu recherchieren, mich über ihre Lebensweise zu informieren. Dabei stieß ich nicht nur auf jene deprimierende Daten und Fakten wie etwa 85% Arbeitslosigkeit und 60% Diabetes, sondern auch auf die Geschichte einer jahrhundertelangen Diskriminierung. Für

die First Americans waren ja die europäischen Siedler diejenigen mit Migrationshintergrund, die oftmals als Flüchtlinge vor unhaltbaren politischen oder wirtschaftlichen Zuständen in die neue Welt kamen, in der verzweifelten Hoffnung auf ein besseres Leben. Die Kartoffelpest in Irland, welche eine furchtbare Hungersnot ausgelöst hatte, war da nur ein Beispiel.
Die Natives hatten die ersten Siedler ursprünglich durchaus wohlwollend aufgenommen. Einige frühe Siedler wie William Penn träumten sogar von einer guten Nachbarschaft. Doch dann hatte die Gier der Weißen nach Land und Gold alles zerstört, die Einfuhr von Fusel und Feuerwaffen tat ein Übriges, den Rest besorgten eingeschleppte Krankheiten. Die Natives wurden von den Strömen weißer Einwanderer dezimiert, genau wie ihre Brüder, die Büffel. Als die Weißen erst einmal in der Überzahl waren, begannen sie, die Einheimischen als „Barbaren" zu bezeichnen und an den Rand zu drängen, versuchten teilweise sogar, sie gezielt auszurotten ... Die Diskriminierung setzte sich in den Köpfen fest. Indianerkriege – als jene nur ihr Stammesland verteidigten! – und als Gegenreaktion Genozide gegen die Urbevölkerung – fanden noch ihren Nachhall, als jene Zeiten des „Wilden Westens" längst vorbei waren, die Prärie weitgehend gezähmt und befriedet, als vielerorts eingezäuntes Ackerland an die Stelle von freier Büffelweide trat ...

Das Wort „Indianer" kam mir immer unpassender vor: Es beruhte ja nur auf dem historischen Irrtum eines Herrn Columbus, der zeit seines Lebens vermeinte, den Weg nach West-Indien gefunden zu haben; zudem degenerierte das Wort „Indians" bei den weißen Siedlern in Nordamerika sehr rasch zum Schimpfwort. Daher dann doch wohl besser: „First Americans" oder „Natives" oder am besten gleich die eigene Stammes-Bezeichnung. Wobei das Wort „Sioux" ja auch gar nicht die echte Eigenbezeichnung war, sondern nur die Verballhornung einer Fremdbezeichnung durch einen feindlichen Stamm ... Gut, so würde ich mir das Wort „Lakota" merken – diese Selbstbezeichnung bedeutet zugleich „Alliierte, Verbündete, Freunde" – also das genaue Gegenteil von „Sioux", was von „Nadouessioux" herstammt, einer

Bezeichnung durch feindliche indigene Scouts, und so viel wie „Miese Schlange, Feind“ bedeutet.
Ironie der Geschichte, dass diese einfache Wahrheit so lange verkannt und mit Füßen getreten wurde: Die Menschen können Freunde sein, wenn man sie sich nicht zu Feinden macht.

***

Wir mailten intensiv mit der Reservatsverwaltung von Pine Ridge. Ja, man könne uns durchaus brauchen. Man könne jede helfende Hand brauchen, gerne. Wir sollten nur kommen. Das Schwierigste war noch, eine Green Card oder etwas Ähnliches als Visum zu bekommen – hier half uns eine internationale Hilfsorganisation, die auch einige Hauptberufliche neben ehrenamtlichen Helfern vermittelte.

***

Es dauerte eine ganze Weile – nervzehrendes, banges Warten. Illona hatte inzwischen ihre dreijährige Ausbildung als Erzieherin abgeschlossen, ich jobbte derweil als HiWi an der Uni und übernahm auch diverse Gelegenheits-Jobs wie als Aushilfs-Fahrer für eine kleine Firma. Etwas anderes fand sich derzeit ohnehin nicht für mich – hätte mir ein guter Job in Deutschland die Entscheidung, in die ärmste Reservation Nordamerikas zu gehen, vielleicht doch wieder schwerer gemacht? Ich wusste es nicht und wollte es auch gar nicht wissen. Ich wusste nur: Wenn ich nicht dorthin gehen und meine Mitarbeit vor Ort anbieten würde, dann würde ich mir wie ein Verräter vorkommen.

***

Dann kam der Tag. Vor dem Haus hielt der Flughafen-Shuttle. Illona hatte darauf bestanden, sich diesen kleinen Luxus zu gönnen und nicht mit dem Zug zum Flughafen zu fahren, wie ich vorgeschlagen hatte, denn sie meinte – sicher zu Recht –, dies würde auf Jahre hinaus wohl so ziemlich der letzte Luxus sein, den wir uns würden leisten können. So ersparten wir uns den umständlichen Weg zum Bahnhof mit Bus oder Straßenbahn und ließen uns direkt bis vor unser Abflug-Terminal chauffieren. Andererseits hatten wir ja auch brav einen Zuschlag fürs Flugticket zum CO2-Ausgleich bezahlt. Wir hatten die Wahl gehabt, über Chicago oder Denver nach Rapid City zu fliegen. Illona hatte sich für Denver entschieden, weil man von dort aus angeblich auf die Rocky Mountains blicken konnte. Das wollte sie sich nicht entgehen lassen.

Wir wurden wie durch Raum und Zeit katapultiert, und eine Zeitdifferenz von 8 Stunden ließ in uns das Gefühl aufkommen, dass wir ganz real unserer Zukunft entgegenflogen. Als Denver über den Bord-Lautsprecher angekündigt wurde, stieg unsere Aufregung noch.

Das mit den Ausläufern der Rockies stimmte sogar. In Denver stiegen wir um, in eine Regional-Fluglinie. Die nächste Überraschung war, dass der kleine Ziel-Flughafen von Rapid City aussah wie eine Mischung aus einem gemütlichen, großen Wohnzimmer und einem kleinen Indianer-Museum, mit Vitrinen voller Federhauben und Fotos aus der Western-Zeit. Draußen grüßten die Black Hills herüber als verkleinerte Version der Rockies. Das alles stimmte uns ja schon mal ein … Wir nahmen unseren vorbestellten Mietwagen und fuhren los …

***

Überraschungen in Pine Ridge

Wir waren da. Weit dehnte sich das Land. Schon der Herweg war wie eine Reise in eine andere Welt, durch die bizarre Mondlandschaft der Badlands ... Unwillkürlich fuhren wir langsamer. Über uns das tiefblaue Himmelszelt, um uns stickige Hitze, hinter uns Staubwolken, von unserem Auto aufgewirbelt. Und vor uns das Große Unbekannte.

Das Eingangs-Schild der Reservation stand wie verloren in der leeren Weite: ein großes Blech-Paneel, im heiligen Rot des Stammes und mit dem Stammeszeichen der Ogláła Lakóta: acht weiße Tipis, die einen Kreis bilden, den heiligen Kreis der Stammesversammlung, und darüber die weiße Aufschrift: WELCOME TO THE OGLALA LAKOTA NATION. Darunter, unterhalb des symbolischen Tipi-Dorfes, stand noch in etwas kleineren Lettern: BUCKLE UP – dann ein Sicherheitsgurt-Symbol, das zeigte, wie sich jemand gerade anschnallt – IT'S OUR LAW!

Das Schild hatte also auch ganz praktische, verkehrstechnische Signalzwecke. Doch als wir genauer hinsahen, erkannten wir auch, dass es von Schüssen durchsiebt war – ob nun von frustrierten Jugendlichen, die mit ihren frei zugänglichen Waffen darauf gelangweilt Schießübungen abgehalten hatten, oder gar noch von jener symbolischen Besetzung von Wounded Knee im Jahre 1973, die an das Massaker von 1890 und die anhaltende Entrechtung der Natives erinnern sollte, wussten wir nicht ... Wir sahen uns an und schluckten. Mit etwas verlegenem Lachen setzten wir unsere Fahrt fort. Unsere Gedanken und Befürchtungen standen unausgesprochen zwischen uns, fast hörbar. Illona lehnte sich betont achselzuckend auf dem Beifahrersitz zurück und starrte neugierig weiterhin in die Weite der Prärie.

Die Hitze flimmerte am Horizont. Brutal verbrannte die Sonne die Gräser, in der Ferne zog eine kleine Herde Mustangs vorbei. Die Pferde hier streiften durch eine ockergelbe Prärie. Was fraßen diese Tiere hier eigentlich? Das Gras ringsum glich gelbem Stroh. Europäische Pferde wären in dieser Hitze und Dürre schon längst eingegangen. Es mussten schon sehr zähe Tiere und auch Menschen sein, die hier überleben konnten.

***

Es ist doch etwas anderes, einen Ortsnamen nur zu lesen oder plötzlich selber dort zu sein! Natürlich hatte ich schon vor unserer Abreise ausgiebig im Internet recherchiert, wo wir hier eigentlich landen würden, in welche Weltgegend es uns verschlagen würde. Bei Wikipedia hatte ich – wie gesagt – jede Menge trauriger Daten und Fakten gefunden, doch auf anderen Websites Fotos von der schönen, wilden Landschaft der Prärie mit Reiseangeboten – viel Widersprüchliches also.
Wir waren gespannt, was wir hier vorfinden würden. Die Pine Ridge Indian Reservation in South Dakota gilt als das ärmste Reservat der USA. Dort leben und überleben Natives auf dem, was ihnen vom ihrem Stammesland geblieben ist. Selbst das von den Weißen gönnerhaft zugesicherte „Indianerterritorium“ war ja mehrfach von den Siedlern und Goldsuchern einfach verkleinert worden – notfalls mit Gewalt.
Mehr schlecht als recht fanden die Menschen hier ihr Auskommen, auf dem letzten Land, das sie noch zugestanden bekamen, auf dem sie unbeirrbar ihre eigenen Traditionen wahrten und dem Land mühsam das Allernötigste zum Überleben abtrotzten. Man sollte denken, wer hier lebte, hier im Reservat als letztem Rückzugsort, täte dies in dem Gefühl: Wir sitzen alle in einem Boot, haben dieselben Interessen und Sorgen. Doch schon bei der Namensgebung des Reservates in der eigenen Sprache gingen die Auseinandersetzungen los: Einige Lakota nannten es „**Wazí Ahánhan**“, also „Pine Ridge“, wegen der markanten, pinienbestandenen Höhenzüge, die sich dort durchs Prärieland zogen, andere aber bevorzugten den Namen „**Oglála Oyánke**“, weil dort mehrheitlich Lakota vom Unterstamm der Oglála lebten.

Und genauso zerstritten waren sie offenkundig auch bei der Verwendung der Gelder bei der Selbstverwaltung durch die Stammesbehörden, bei der Schulbildung der Kinder oder der Frage,

ob das Alkoholverbot in der „Rez“ nun aufgehoben werden sollte oder nicht.
Nachdenklich starrte ich auf die staubige Straße vor mir – so vieles ging mir durch den Kopf. Illona schien es ähnlich zu gehen, denn schweigend, aber neugierig blickte sie sich um. Ein ödes, abweisendes, aber herb-schönes Land. Es begrüßte uns musikalisch durch Radio KILI: Das hörten wir schon auf dem Herweg im Autoradio – die Powwow-Musik ging unter die Haut, und dazu gab's dann aktuelle Regionalnachrichten. Das meiste auf Englisch, aber einiges auch auf Lakota, oft als Einsprengsel in englischen Sätzen. Schon mal zum Einstimmen.

***

Kaum waren wir angekommen, so eilten uns Klatsch und Tratsch bereits voraus wie ein Lauffeuer. Immerhin war es stets eine kleine Sensation, wenn überhaupt jemand freiwillig hierher kam und sich nicht nur in diese Gegend verirrte, sich womöglich verfahren hatte und nun mit einer Autopanne hier liegenblieb wie gestrandet. Tourismus gab es hier nur wenig – und wenn, dann unverdrossene Individual-Touristen, die hart im Nehmen waren, ansonsten arbeiteten fast alle Weißen, die sich hier ihren Sonnenbrand holten, für irgendeine Hilfsorganisation, mit oder ohne Bezahlung, viele als freiwillige Helfer nur gegen Kost und Logis gratis.
Ganz anders als etwa beim berühmten Grand Canyon, wo tagtäglich Tausende Touristen durchgeschleust wurden. Das Gebiet hier wirkte fast menschenleer.
Doch woher wussten die Lakota hier so viel über uns? Es konnte doch nicht jeder meine Mails gelesen haben oder irgendeinen unbedachten Kommentar von mir am Telefon gehört, als wir zur Reisevorbereitung unsere ersten Kontakte hierher geknüpft hatten …? Waren die Leute hellsichtig? Oder gab es doch so etwas wie eine Art „Buschtrommel“?

Bald begann es überall zu zischeln und zu brodeln – man nannte das hier „**waáiyapi**“, gossip. Gerede gibt es überall auf der Welt,

aber umso mehr in abgelegenen Regionen, wo dies oft die einzige Unterhaltung ist.
Hörte ich wirklich alles so mit, wie die Gruppen von Lakota hier tuschelten, oder spielte mir meine Fantasie einen Streich, und ich ergänzte die leise getuschelten Worte, die ich nicht verstand, aus meiner Vorstellung mit von mir unterlegtem Sinn? Wir fühlten uns beide aus den Augenwinkeln beobachtet, skeptisch, taxierend, abwartend – wer wusste denn, auf was für ausgeflippte Typen die Menschen hier bereits im Laufe der Zeit gestoßen waren? Manche Aussteiger und Ethno-Freaks mochten sich auf ihrer Sinnsuche hier aufgehalten haben, auf ihrem ganz persönlichen, legitimen, für Außenstehende aber gewiss zuweilen auch bizarren Weg, dabei womöglich mit ihrem unbedarften Verhalten in alle möglichen Fettnäpfchen tretend.

So stellte ich mir folgenden Kommentar lebhaft vor, bei dem, was ich als Gespräch von zwei Lakota-Männern in Jeans und Cowboystiefeln so halb und halb mitbekam, als wir gerade aus unserem Mietwagen ausgestiegen waren und uns umsahen, müde und erschöpft von der Reise, und zudem durstig wie nur was. Während wir höflich eine Frau vor dem nächstbesten Trailer nach der Adresse fragten, meinte ich geradezu, die beiden sinngemäß Folgendes tuscheln zu hören, während sie uns mit scheinbar beiläufigen Blicken streiften und unauffällig beobachteten:
„Es wird erzählt, er behauptet, in seinem früheren Leben ein Indianer gewesen zu sein! Hoh! Dieser ganze Blödsinn von den weißen Pseudo-Indianern! Jetzt nehmen sie uns auch noch unsere Identität weg, nachdem sie unser Land genommen und unsere Kultur fast vollständig zerstört haben! Erst machen sie uns kaputt, und dann ahmen sie uns nach, aus purer Nostalgie nach der Wild-West-Romantik. Behauptet dieser rührselige Typ etwa auch noch, er sei einer von diesen Plastik-Schamanen, die angeblich heilen können?"
„Nein, er behauptet nichts dergleichen. Auch nicht, er sei im früheren Leben ein Indianer gewesen. Alles was er sagt ist, er habe diese Flash-back-artigen Eindrücke gehabt, nach seinem schweren Unfall damals!"

„Na, da muss es ihm ja gehörig das Gehirn durchgerüttelt haben!“
„Mag ja sein, aber er spielt sich nicht als wiedergeborener Native auf, überhaupt nicht. Schau nur, er gibt sich ganz normal, auch von der Kleidung her. Keine Verkleidung vom Western-Club. Er muss nur irgendwas erlebt haben, was ihn sehr beeindruckt hat. Er weiß, dass er in diesem Leben ein Weißer ist, egal was davor gewesen sein mag oder nicht – das ist ja alles Spekulation. Aber du weißt ja auch: Ebenso wie manche Roten Leute innerlich weiß geworden sind, weil sie den Weg der Weißen gegangen sind und dabei ihre Traditionen aufgaben –“
„Ja, diese Apples!“, spottete der andere. Beide hatten langes, schwarzes Haar, der Spottende trug einen Pferdeschwanz und der andere geflochtene Seitenzöpfe, aber beide hatten einen weißen Cowboy-Hut mit gebogener Krempe auf.
„– genau, also, ebenso gibt es halt auch weiße Menschen, die den Roten Pfad beschreiten – und was ist dabei, wenn sie es ehrlich meinen?“
„Hm. Du redest genauso wie manche von unseren Ältesten. Der Medizinmann Läuft-über-heiße-Kohlen ist gar davon überzeugt, wer von diesen versponnenen Weißen den Roten Pfad beschreitet und nach unseren Sitten und Bräuchen lebt, könnte durchaus ein wiedergeborener Native sein …!“ Er grinste süffisant: „Die Rückkehr des Verlorenen Sohnes, würden es die Missionare nennen – nur halt in die andere Richtung!“ Er lachte rau.
„Nun, ist doch egal, aus welchen Motiven – wenn sie es nur damit ernst meinen und keine Wochenend-Indianer sind, nur so als Hobby, als ob sie sich für Fasching verkleiden würden …! Du weißt ja, den Roten Pfad kann man nur aufrichtig beschreiten oder gar nicht! Und die beiden da – Jochen und Illona heißen die, glaub ich –, die wirken doch eigentlich echt sympathisch und unkompliziert – denen nehm' ich ihre Freundlichkeit sofort als aufrichtig ab! Schau, da ist nichts gestellt oder geheuchelt, und wie romantische Spinner wirken die doch nun beide auch nicht! Der Typ von der Stammesverwaltung hat mir was erzählt, die beiden wären voller Engagement und Hilfsbereitschaft, ohne irgendwelche gönnerhaften Allüren.“

„Ja, da hast du recht. Eigentlich kommen sie mir auch beide ganz normal vor, mit beiden Füßen auf dem Boden der Tatsachen. Naja, werde das Pärchen mal beobachten, wie die sich hier so einleben werden …!“
Zugegeben, bei all dem Spießrutenlaufen aufgrund des Getuschels ging sicher zuweilen die Fantasie etwas mit mir durch, was sie denn nun wirklich genau über uns sagen mochten. In meiner leicht überreizten, zudem gejetlagten Fantasie und bangem Wunschdenken mischte sich da gewiss Gesagtes und nur Vermutetes zu einem Wechselbad der Gefühle, das mich ganz verlegen machte. Aber eins stand fest: Sie waren alle viel neugieriger darauf, wie wir uns hier so einfügen würden, als sie es sich nach außen anmerken ließen.

***

Manche Menschen hier kommen mir spontan bekannt vor, als ob ich sie schon seit jeher kennen würde, dabei sehe ich sie zum ersten Mal und lerne sie hier und jetzt erst kennen. Seltsam auch, dass ich von manchen von ihnen intuitiv weiß, zu welcher Großfamilie, **Tiyoshpaye**, sie gehören und von wem sie abstammen, ob etwa von American Horse oder Red Cloud. Zuweilen verblüffe ich meine Umwelt sogar mit meinem spontanen Wissen, das da aus mir hervorbricht, wenn mir irgendein passender Kommentar herausrutscht über Dinge, die ich eigentlich noch gar nicht wissen könnte, über Menschen und Tiere und Pflanzen und Wetter, weil es mir noch niemand gesagt hat. Und es sind Dinge, die in keinem Lexikon oder Internet-Artikel stehen, lokale Kleinigkeiten über Personen und Tiere und Pflanzen, die für die große Welt da draußen viel zu unbedeutend sind, aber für die Welt vor Ort doch ihre Bedeutung haben. Falls ich nicht hellsichtig sein sollte, dann könnte da vielleicht doch etwas dran sein an den früheren Leben? Begegne ich etwa Seelen wieder, die ich damals schon mal traf, in anderem Körpergewand? Erkennen wir uns über diese Seelenverwandtschaft etwa unbewusst wieder? Oder ist es einfach, weil „die Chemie zwischen uns stimmt“, wie man so schön sagt? Ich wage da keine Spekulationen, weil dies Glaubenssa-

chen sind, wo man doch nichts beweisen kann, und lasse das auf sich beruhen mit der demütigen Erkenntnis, dass es eben mehr Dinge zwischen Himmel und Erde gibt, als unsere Schulweisheit sich träumen lässt.
Es ist auch egal – so oder so fühle ich mich zu diesen freundlichen, humorvollen Menschen hingezogen. Und Illona geht es genauso. Wir werden kameradschaftlich begrüßt, man hilft uns weiter, sagt uns, zu welcher Kontakt-Adresse wir weiterfahren sollen. Illona freut sich über die spontane Hilfsbereitschaft, die zwar heimliche Neugier verrät, jedoch keinerlei Ressentiments oder gar Feindseligkeit uns, den Weißen, gegenüber. Die Atmosphäre hier ist ganz entspannt. Ich spüre, auch Illona fühlt sich hier wohl. Sie wird sich gewiss rasch hier einleben.
Sie genießt es auch, dass die Menschen hier noch füreinander Zeit haben und dass Stress und Hektik hier Fremdwörter sind – wofür die Natives hier von den weißen Farmern der Umgebung auch als faul gescholten werden und ihr gemächlicher, ganz dem Hier und Jetzt zugewandter Lebensrhythmus als „Indian Time“ diffamiert wird.
Meine Hoffnung sollte sich bewahrheiten: Sogleich fasste Illona Zuneigung zu den Leuten hier, speziell zu den hiesigen Frauen und Kindern, und bald war sie schon mehr integriert als ich. Ihren Erfolg gönnte ich ihr neidlos. Dafür gelang es mir, mögliche anfängliche Bedenken über uns zu zerstreuen und stattdessen einen ersten wohlwollenden Eindruck, den die meisten offenkundig von uns hatten, zu bestätigen: Der Typ gibt sich bescheiden, ist kein nachgemachter Indianer, er behauptet auch gar nicht von sich, ein Indianer zu sein. Er ist kein Angeber und so weiter. Warum auch sollte ich ein Angeber sein?

***

Doch als Allererstes mussten wir uns orientieren: Wo genau sollten wir hin? Wer konnte uns da weiterhelfen? Wir waren den hilfsbereiten Wegbeschreibungen der Leute gefolgt, die wir gefragt hatten, doch der Weg zog sich noch ungeahnt weit hin, verlor sich irgendwo im Nirgendwo, und irgendwann erinnerten

wir uns beide nicht mehr, was die Frau vorhin nun eigentlich genau zu uns gesagt hatte. Ich fuhr an den Straßenrand und tippte auf dem Navi herum. Aber aus irgendeinem Grund hatte es den Geist aufgegeben.
„Ich fühl' mich hier wie bestellt und nicht abgeholt!", klagte Illona, „und mir ist so heiß – unsere Getränke sind längst alle!" Sie wischte sich müde über ihre erhitzt glühende Stirn. Es herrschten fast 40°C Hitze. Die Sonnenglut briet das Land unter sich und uns im Auto gleich mit.
„Da vorn ist eine Tankstelle", sagte ich kurz entschlossen, „da fahren wir hin! Wir brauchen sowieso Benzin!"

An der Tankstelle trafen wir einen Lakota mittleren Alters, den wir einfach ansprachen. Es war ein gemütlich aussehender, etwas vierschrötiger Mann in der hier üblichen Farmer-Kleidung.
„Entschuldigung, können Sie uns weiterhelfen? Wir suchen folgende Adresse ...", und ich wedelte mit meinem E-Mail-Ausdruck wie mit einer weißen Fahne.
Der Lakota nahm sich Zeit. Er studierte den Ausdruck. Dann nickte er bedächtig und wies in eine bestimmte Richtung, nach Südwesten, in die hitzeflirrende Ferne.
„Fahrt dorthin", sagte er, „und dann fragt ihr euch durch nach Rose."
Er grinste. „Ihr habt Glück, dass ihr gleich zu Anfang der Rose Lyons und diesem Pflanzenkundler da vorgestellt werdet – die sind beide Europäer, leben aber schon seit ewigen Zeiten hier in der Rez – und ihr habt gleich heute Abend 'ne Einladung bei denen, denn die feiern irgendein Familienfest – sie machen's wie wir: Sie feiern alles, was geht, und sei's das Leben selber!"
„Ja, stören wir dann da nicht?"
„Nee, überhaupt nicht, da macht euch mal keine Sorgen – die sind froh, wenn sie ihre Freude mit möglichst vielen Freunden teilen können! Ich glaub, der Sohn von Rose hat grad Geburtstag, das wird's sein – jedenfalls weiß sie schon Bescheid, dass ihr da seid, und freut sich auf euch!"
Er lächelte freundlich. „Vielleicht komm ich übrigens heut Abend auch vorbei – jedenfalls kommt sicher der eine oder andere aus

meiner Familie. Wir sind die Two Bulls."
„Hier in der Rez verbreiten sich Neuigkeiten ja wirklich mit ungeahnter Geschwindigkeit!", staunte Illona.
Two Bulls lachte. „Ja, das Geheimnis heißt: **waáiyapi** – gossip! Klatsch und Tratsch funktionieren, wie überall auf der Welt, mindestens ebenso gut wie Radiowellen oder Fernseh-Apparate!" Er lachte laut und lustig.
Ja, das hatten wir schon gemerkt.
„Jedenfalls, da fahrt mal hin, die helfen euch gern weiter, euch hier fürs Erste zu orientieren und n' bissel einzuleben! Sind herzensgute Leute, die beiden!"
„So wie Sie auch!", sagten wir wie aus einem Munde.
Two Bulls lachte wieder. Diesmal klang es gerührt.

***

Nach einer abenteuerlichen Fahrt, bei der unser Mietwagen eine lange Staubfahne hinter sich her zog und teilweise über geschotterte Nebenpisten rumpelte, wo uns unverhofft Herden pechschwarzer Angus-Rinder begegneten, die gerade quer über die Straße trotteten, und einmal sogar ein Pärchen Schwarzwedel-Hirsche mit panischen Prellsprüngen vor unserem Auto davon stob, langten wir endlich an der angegebenen Adresse an. Wir waren staubig und erschöpft.
Ich hupte, wie es hier üblich schien. Sofort öffnete sich knarrend die Tür des weißen Trailers, und eine Meute bellender Hunde stürmte heraus, eine zierliche weiße Dame eskortierend, die schon so lange hier zu leben schien, dass sie fast ebenso braungebrannt aussah wie die Lakota selber. Nur ihr ausgebleichtes blondes Haar und ihre hellbraunen Augen wiesen sie als Weiße aus.
„Ich bin Rose!", stellte sie sich unkompliziert vor und pfiff mit einem Lachen die Hunde zurück. „Hattet ihr eine gute Fahrt? Habt ihr gleich hergefunden?"
Wir nickten nur stumm. Als wir ausstiegen, umarmte sie uns, als würde sie uns schon ewig kennen und als hätten wir uns nur lange nicht mehr gesehen. Hechelnd umkreisten uns die braunen und schwarzscheckigen Hunde, taten uns aber nichts.

„Kommt 'rein – drinnen ist es kühler – hier sengt die Sonne ja so! Die Hunde wissen den Schatten im Trailer auch zu schätzen!" Wieder lachte sie.
Dass es drinnen kühler war, konnte man in dem nicht isolierten Trailer ohne Klimaanlage nicht gerade sagen. Doch es war wenigstens schattig, und da machte einem die stickige Luft im Innern nicht mehr so viel aus.
Rose wusste, was als erstes nottat, und bewirtete uns ungefragt mit riesigen Plastikflaschen voller Mineralwasser. „Danke!", sagten wir aus tiefstem Herzensgrunde.
„Später bekommen wir dann noch Besuch", kündigte sie uns an.
„Ich weiß!", sagte ich stolz, denn nun waren wir ja auch schon in das allgemeine nachbarschaftliche Gerede eingeweiht, durch die Auskünfte von Mr. Two Bulls. Illona erzählte Rose von unserer Begegnung an der Tankstelle, und sie freute sich. „Jaja, die Familie Two Bulls! Sehr nette Leute! Und hilfsbereit! Hier draußen in der Einsamkeit der Prärie muss man sich gegenseitig helfen, sonst ist man verloren. Vor allem im Winter, aber auch jetzt ist es oft nötig, einander etwas zu borgen, etwas zu reparieren, auf Kinder aufzupassen oder sonst was. Das ist hier sozusagen unsere Versicherung!" Sie lachte, als sei das ganz natürlich und selbstverständlich.

Gegen Abend, als die mörderische Tageshitze etwas nachließ, trudelten denn so nach und nach die ersten Besucher ein. Mit der Zeit wurde es richtig voll. Die Tür des Trailers blieb jetzt einfach offen stehen, und leise, fast lautlos waren sie dann plötzlich da, aus der Nachbarschaft irgendwo in Sichtweite, am Hang gegenüber oder in der nächsten Talmulde. Männer, Frauen und Kinder, alle mit dezenter Ruhe. Man grüßte sich herzlich, aber ohne jene laute Gefühlskundgabe, wie ich sie schon bei Mexikanern oder anderen Latinos erlebt hatte, bei meiner vorigen Reise.
Alle waren wie eine große Familie, und so wurde auch der Geburtstag von Rose's Sohn bereits gefeiert, ehe dieser in einem Jeep herangebraust kam.
Mit einem freundlichen Hallo wurde auch er begrüßt, ein schlaksiger junger Mann, ebenso braungebrannt wie seine Mutter. Er

arbeitete hier als Techniker und wartete die Pumpen, die für die Bewässerung so dringend gebraucht wurden.
„Happy birthday! **Blihíc'iya ye!** Schau mal, Donna hat extra Muffins für dich gebacken ...!"
„Ah, danke! Das ist echt nett!"
„Wie alt bist du jetzt?"
„Zweiundzwanzig."
„Was? Schon so alt?" Die Lakota kamen wieder mal ins Frotzeln, was so typisch für sie war. Alle lachten.

Außer Schoko-Muffins gab es Kartoffelsalat, Tomaten, Kartoffelchips, Indian Bread und gegrillte Maiskolben – jeder hatte irgendetwas beigesteuert, nichts passte zusammen und alles schmeckte wunderbar. Auch für die Geister, die **wanági**, wurde ein Schüsselchen Essen vor die Tür gestellt. „Das holen sich dann heut Nacht sicher die streunenden Hunde oder wilde Tiere", raunte Illona mir zu und lächelte. Ich aber hatte vollstes Verständnis für die Sitte, die spirits symbolisch mit in unsere Feier einzubeziehen. Denn wenn wir glauben, eine Seele zu haben, dann musste die ja wohl auch nach dem Tode irgendwo abbleiben – und wer sagte denn, dass das Jenseits so sehr weit vom Diesseits entfernt sein sollte? Mochten also auch die Geister ihren Anteil an unserem Festmahl haben, egal, wer später tatsächlich die Teller leeren mochte. Vielleicht waren die Tiere, welche das herausgestellte Essen naschen würden, die Coyoten, Iltisse oder Erdhörnchen, ja auch tatsächlich Reinkarnationen früherer Existenzen? Wer konnte das wissen ...? Wie auch immer, sie würden ebenfalls ihren Anteil an unserer Feier bekommen.

Wir aßen von Papptellern, das Partygeschirr mit den Gerichten war auf einem kleinen, provisorischen Klapptisch ausgebreitet, der von einer uralten, ausgeblichenen Wachstuchdecke geziert wurde. Ein schöneres Büffet ließ sich gar nicht denken in dieser Einsamkeit. Zu trinken gab es alles außer Alkohol, neben Mineralwasser auch selbst gemachten, dunkelroten Wildkirschensaft und goldgelben Büffelbeeren-Saft, der geschmacklich an Sanddorn erinnerte.

„Was ist das eigentlich genau? Schmeckt gut!“, lobte Illona anerkennend.
Wir erfuhren, dass Büffelbeeren in der Tat so etwas wie wilder Sanddorn sind. Also wenigstens ein wenig Vitamine.
Sogar buffalo jerky, getrocknetes Büffelfleisch, konnten wir probieren – „das ist etwas echt Traditionelles!“, erklärte uns Mrs. Two Bulls, die mit ihrem Mann gekommen war (den wir ja schon kannten), „wir nennen es **pápa sáka**, Dörrfleisch also.“
Neugierig kauten wir auf den zwar harten, aber eigentümlich nach Wild schmeckenden schmalen Fleisch-Streifen. Sie waren salzig und vom Geschmack der Wildkräuter imprägniert, von denen sich die halbwilden Bisons hier ernähren. Das Beste aber war: Dieses getrocknete Fleisch war ohne Kühlschrank haltbar – und viele hier konnten ihre Stromrechnungen nicht bezahlen und mussten daher ihre Nahrungsmittel ungekühlt aufbewahren.
„Habt ihr schon unsere Prärierüben-Suppe probiert?“, fragte eine Frau White Feather freundlich.
Nein – also probierten wir auch noch die und stellten erstaunt fest, wie angenehm nussig die hellen, radieschengroßen **tínpsila**-Rüben und die süßkartoffelartigen Topinambur-Stückchen schmeckten, die hier „**pangí**“ genannt wurden. So fanden wir uns schon allmählich in diese neue Welt hinein, sowohl kulinarisch als auch sprachlich, von den Bezeichnungen her. Die Rüben und Topinambur wurden hier in der Gegend geerntet, wie wir im Gespräch erfuhren. Während die kleinen Prärierüben hauptsächlich wild wuchsen, baute man die größere Topinambur-Sonnenblume bereits auf Feldern an. Beide Pflanzen waren hier heimisch, als traditionelle Nahrungsmittel der Leute auf den Great Plains.
„Vielen Dank, **pilámaya ye**!“, sagte auch Rose, die ebenfalls eine ausgebeulte Blechtasse voll Suppe serviert bekommen hatte.
Wir beschlossen, uns das „Danke schön“ auf Lakota sogleich zu merken und auch anzuwenden. „**Pilámayaye**!“, sagte ich und erfuhr, dass ich als Mann besser „**Pilámayaye ló**!“ sagen sollte, da Männer und Frauen zum Teil eigene Silbenformen benutzten. Na schön. Anfangs war es schon etwas verwirrend, auf was wir alles zu achten hatten.

Es war schon erstaunlich – wir waren kaum da, erst heute frisch angekommen, da feierten wir auch schon mit den hiesigen Menschen, so als hätten wir bereits seit jeher zur lokalen Bevölkerung gehört! Wir fühlten uns sofort in ihren Kreis einbezogen, ganz zwanglos und locker.
Nach dem gemeinsamen Abendessen dürften wir die Essensreste später auch mitnehmen, sagte uns Rose, damit nichts verkommt, und auch als Wegzehrung. „**Watéca**" nennt man das hier – es wird nichts verschwendet!
Bei der Zusammenkunft wurde auch erzählt: über das Wetter und den glimpflich verlaufenen Unfall von Nachbars ältestem Sohn und die neuesten Skandale von Politikern und Schauspielern im Fernsehen, über die man sich mokierte. Über die anhaltende Dürre und dass der letzte Tornado im Gefolge leider nicht genug Regen gebracht habe.
Wir erfuhren auch den Mythos über **Ptehíncala San Win**, White Buffalo Calf Woman, jene geheimnisvolle schöne Frau, die den Lakota einst die heilige Zeremonialpfeife brachte, die **cannúnpa wakán**, die zum Gebet geraucht wird, verbunden mit den Stammesriten wie dem Sonnentanz, der Schwitzhütte, der Pflege der Seelen der Ahnen und vieles mehr. Nachdem sie die Lakota ihre Rituale gelehrt hatte, verwandelte sie sich in ein weißes Büffelkalb, das zur Natur zurückkehrte. Sie rollte sich einfach hin und stand als Büffelkalb auf – sie war also ein heiliger Bote der großen alten Natur gewesen! Eine Abgesandte von Großmutter Erde also! Daher dienten alle Rituale auch dazu, die Harmonie mit der Schöpfung zu bewahren. Und daran hielten sich die Leute hier in der Rez bis heute! Ihr ungebrochener Glaube beeindruckte uns sehr, und es wurde uns gesagt, ein besonderer Keeper of the Sacred Pipe würde diese erste, von Buffalo Maiden überbrachte Pfeife noch heute hüten.

„Aber", meinte Illona zaghaft, als wir gerade etwas abseits von den Lakota-Gästen waren, weil wir Rose halfen, aus dem Vorratsschrank nebenan in der Küche noch etwas Popcorn für die Kinder zu holen. „Gibt es nicht zahlreiche Gebetspfeifen? Jeder Medizinmann hat doch eine. Die können doch nicht alle von ihr

überbracht worden sein, oder? – wenn wir einmal annehmen, dass dieser Mythos tatsächlich einen historischen Kern hat?"
Roses Gesicht verdüsterte sich. „Ja, da sprichst du etwas an …", meinte sie. „In der Tat streiten sich die einzelnen Clans um die Ehre, wer von ihnen denn nun die Originalpfeife hüten würde … aber lassen wir das – wichtig ist doch vor allem, dass die damals wie auch immer überlieferten Bräuche bis heute so lebendig geblieben sind!"
Das fanden wir auch. Dann kehrten wir ins Wohnzimmer des Trailers zurück.

Die Lakota erklärten uns Neulingen auch ihre Riten, erzählten uns etwas genauer von der Schwitzhütte, der rituellen Reinigung im Dampf, und dem alljährlichen Sonnentanz im Juli. Die dazugehörigen Begriffe wie „**inípi**" für die sweat lodge und „**wiwányang wacípi**" für den sun dance schwirrten uns um die Ohren. Auch die Aids-Gefahr durch das Piercing beim Sonnentanz wurde diskutiert, doch darüber gingen die Ansichten kontrovers auseinander. „Bei uns im Reservat gibt es kaum Aids!", meinte einer. „Sei dir da nicht so sicher – das gibt's heute überall!", sagte ein anderer. „Läuft-über-heiße-Kohlen verwendet zum Piercen ohnehin nur Adlerkrallen, die er mit irgendwas desinfiziert, für jeden Sonnentänzer andere, und die Piercing-Stellen werden mit Büffelsalbei abgerieben, das hält Entzündungen von der Wunde fern …"
Illona schaute von einem zum anderen, als sie davon erfuhr, wie die Sonnentänzer sich Schmerzen zufügen ließen, um sich mit Schnüren an den Sonnentanz-Baum binden zu lassen – Schnüren, die durch die gepiercte Haut gezogen und an der Brust befestigt wurden. Dann tanzte man sich in Trance, ohne Essen und Trinken, blies auf seinen schrillen Pfeifen aus Adlerknochen und erbat eine Vision fürs Volk – bis sich die Tänzer endlich von den Schnüren losgerissen hatten.
Illona schauderte es bei der bloßen Beschreibung, doch sie konnte es respektieren, weil ja niemand dazu gezwungen wurde – es gab nur Freiwillige bei den Sonnentänzern, die eigens ein Gelübde dafür abgelegt hatten, etwa nach einer Heilung von schwerer

Krankheit oder um durch das Piercing Schmerzen stellvertretend auf sich zu nehmen, um sie von anderen, von ihrem Volk fernzuhalten. So als eine Art karmisches Konto, auf dem man so ein Guthaben erwarb, indem man stellvertretend für andere litt.
„Und sag jetzt nicht, so was liegt euch Christenleuten fern!", sagte ein Nachbar, Herr Yellow Horse, halb im Ernst, halb im Spaß, „Euer Jesus hat ja auch stellvertretend für die Menschheit gelitten!"
Wir nickten respektvoll.
„Und die Tänzer gewinnen durch den Sonnentanz eine ganz besondere Kraft, durch ihre Ekstase, die ganze Ausnahme-Situation – und mit dieser Kraft segnen sie dann Kranke und Bedürftige! Sie geben also ihre Energie weiter an alle, die sie brauchen!"
„Und was ist mit Frauen?", erkundigte sich Illona ein wenig unbehaglich. „Tanzen die auch?"
„Frauen leiden schon genug bei der Geburt", meinte Yellow Horse. „Sie können beim Sonnentanz als Helferinnen assistieren, sie können auch Hautopfer bringen, wenn sie wollen. Aber sie sind keine Sonnentänzer, das brauchen sie gar nicht. Frauen sind auch so stark!"

Donna raunte jetzt Illona zu, sie solle übrigens darauf achten, dass sie nicht an Zeremonien teilnahm, während sie gerade vom Mond beeinflusst würde, sie wüsste schon – das würde Unglück bringen. Eben weil Frauen so viel Energie haben, dass ihr Energiestrom mit anderen Dingen in Konflikt geraten könnte. Diese Vorstellung kam mir vor wie eine Art Wellen oder Strahlung, die mit anderen Strahlen interferiert. Immerhin konnte man ja heutzutage bereits mit modernen Kameras etwa die Infrarot-Energie um warmblütige Lebewesen herum sichtbar machen – vielleicht war ja tatsächlich etwas dran, dass jeder so seine eigene, von seiner jeweiligen Verfassung abhängige Aura hatte …?

Mr. Yellow Horse erzählte auch von der Visionssuche, dem **hanbléceyapi**, besonders für junge Männer, wenn sie achtzehn sind. Dann ziehen sie sich für vier Tage und Nächte unter der Assistenz eines Medizinmanns und nach Reinigung in der Schwitzhütte in die Einsamkeit der Wildnis zurück, um dort zu fasten und zu beten. Danach würden sie über ihre Visionen befragt, und keiner würde je wagen zu lügen, damit ihm nicht die Zunge im Mund verdorrt oder er vom Zorn des Donnervogels und vom Blitz getroffen würde. Nach der Visionssuche bekam derjenige dann auch einen zur Vision passenden Namen verliehen. Viele der Namen bezogen sich natürlich auf die Visionen oder Träume, die man in jener Zeit hatte, doch auch auf das Erscheinen von Tieren, die als bedeutsame Boten betrachtet werden.

„Dabei geht es nicht nur um solch starke und tapfere Tiere wie Bisons und Bären, Adler oder Wölfe", erklärte uns dazu Mr. Two Bulls. „Auch Dachse und Hirsche, ja sogar ganz kleine Tiere wie Ameisen oder Schmetterlinge können Krafttiere sein. Denn jedes Tier hat seine ganz eigene Kraft! Der Hase hat eine andere als die Antilope, der Kingfisher-Eisvogel eine andere als die Wiesenlerche, die Schildkröte eine ganz andere als die Libelle."

Wir nickten. Das leuchtete uns ein. Dennoch fanden wir es erstaunlich: Auch so kleine Tiere wie Insekten konnten als Krafttiere gelten, nicht nur bärenstarke oder pferdeschnelle! Es war also eine ganz andere Vorstellung von „Kraft" – es ging mehr um die Qualität als die Quantität dieser Reiki-artigen Kräfte, die man an den Tieren spüren kann. Ja, sogar an den Pflanzen, wie uns von seiner Frau erklärt wurde: „Die Bäume sind ja die Stehenden Leute, und auch die Pflanzen bilden ihr eigenes Volk! Daher ist die Visionssuche gerade in der Einsamkeit der Natur so wichtig – damit man auch die stille Botschaft der Pflanzenleute vernimmt!"

„So erhält also jeder junge Mann seinen spirituellen Namen, den er behält, bis er vielleicht einmal aufgrund einer speziellen Tat oder eines besonderen Ereignisses in seinem Leben nochmals einen anderen verliehen bekommt", ergänzte ihr Mann.

„Und die Frauen ...?", fragte Illona wieder.

„Nun, auch Frauen bekommen natürlich spirituelle Namen verliehen, aber sie haben ihre eigenen Zeremonien, so das Pubertätsritual **‚Tatánka Lowánpi'**, den Büffelgesang, wo sie darüber aufgeklärt werden, wie man so fürsorglich und sozial leben kann, wie es das Brudervolk der Büffel den Menschen vorlebt ...", erklärte Donna.

„Aber egal, ob Mann, ob Frau – wichtig ist es für uns alle, den Roten Pfad zu beschreiten, also die altüberlieferten Traditionen, Sitten und Gebräuche und natürlich besonders unsere Riten einzuhalten: **Cankú Lúta el máni** – Walking the Red Road!", sagte Mr. Yellow Horse.
Und eine andere Frau, Shania aus der Familie der Two-Bulls ergänzte: „**Wówahwalaya máni pe!** Walk in balance!" – Immer in Harmonie mit sich selbst durchs Leben schreiten, das war für die Lakota die hohe Kunst.
„Und all das zusammen sind unsere **Lakól wicóh'an kin** – unsere Lakota-Sitten, unser eigener Weg!", resümierte Donna. Leiser Stolz sprach aus ihren Worten, und alle nickten zustimmend.
Nach dem Essen saßen wir alle noch lange in der lauen Abendluft draußen auf der Veranda zusammen, bis die ersten Nachtfalken fledermausartig vorüberzuckten und die ersten Sterne wie Diamanten aufblitzten.

***

Am ersten Abend, als wir endlich in den für uns bestimmten Räumlichkeiten unser Gepäck abstellten, uns dann rasch mit abgestandenem Wasser aus einem Tank frisch machten und uns übermüdet in das bereitstehende Bett warfen, fühlten wir uns wie erschlagen von all den Eindrücken, die auf uns eingeprasselt waren. Dennoch hatte sich die Ruhe und Ausgeglichenheit der Menschen hier in einer angenehmen Weise auch schon auf uns übertragen. Walk in balance. Gehe deinen Weg in Gleichmut.
Uns vor allem diese empfohlene Gelassenheit anzueignen, das war im Reservat wohl das entscheidende Geheimnis. Darauf kam es an, das merkten wir schon bald, gleich in den nächsten Tagen – wenn wieder mal eine Wasserpumpe nicht funktionierte, im Laden das dringend benötigte Mehl ausverkauft war oder ein Buschbrand am Hang hinterm Haus aufflammte, der mühsam mit Zweigen niedergeschlagen und ausgetreten werden musste. Es brannte immer wieder mal, entweder hatte ein Blitz bei einem Trockengewitter das rasseldürre Gras angezündet, oder eine Glasscherbe hatte wie ein Brennglas gewirkt. Das Hauptproblem

nämlich war der Müll, denn es gab keine geregelte Müllabfuhr – in der Not kippte man alles, einschließlich Sperrmüll, in irgendeine Grube. Alte Autos wurden ausgeschlachtet, die Reste blieben in der Landschaft liegen wie die Skelette seltsamer Saurier. Gelassenheit war hier eine Tugend, die gar nicht hoch genug eingeschätzt werden konnte.

Wir lernten, Tabak in kleinen Bündelchen zu opfern und Lakota-Weihrauch zu räuchern. Dazu wurden Büschel von Büffelsalbei auf Abalone-Schalen verbrannt oder zu Zöpfen gebundenes Süßgras, das man in der Hand hielt und von einem Ende her wie eine Kerze anzündete. „Der Salbei heißt bei uns **pejí hóta**, Graukraut, und das Süßgras **wacánga**. Der herbe Salbei vertreibt negative Energien, und das Süßgras zieht mit seinem lieblichen Duft positive Energien an", erklärte uns Donna einmal. „Für die Schwitzhüttenaufgüsse verwenden wir auch mal Wacholder …"
„Was war nochmal wofür?", erkundigte sich Illona, während ich es mir spontan merken konnte. Auch das Wort für Tabak, **canlí**, blieb mir ebenso gleich im Gedächtnis hängen wie die Bezeichnungen der beiden Räucherpflanzen. Aber auch Illona lernte dies alles bereitwillig und erstaunlich schnell.

Doch immer noch gab es genug Gelegenheiten, bei denen man zu Heiterkeit Anlass gab, so sehr wir uns auch bemühten, uns in die hiesigen Sitten und Gebräuche einzuleben und die Sprache zu erlernen. Was es da alles an lustigen Verwechslungen gab, das stellte sich erst mit der Zeit heraus, und wir lachten gerne mit. So verwechselte Illona einmal die Wörter für „Erde" und „Stinktier", weil beide ähnlich klangen: Die Erde heißt nämlich **maká** mit stark behauchtem „k" und das Stinktier **„maka"** mit einem schwachen „k".
Waren wir zunächst mit dem Mietwagen unterwegs, so konnten wir ihn jetzt zurückgeben, nachdem wir vor Ort einen Gebrauchtwagen gekauft hatten. Allerdings sah der Autoverkauf eher aus wie ein Schrotthändler, dennoch versicherte man uns, der Pickup sei okay. Da wir einen Lakota als gewieften Kenner von Altwagen dabeihatten und er nickte, kam der Deal zustande.

Wir luden jede Menge Mineralwasserflaschen in unseren neuen alten Wagen und statteten ihn mit allem aus, was wir so brauchten. Leider hatte der Wagen kein Navi, doch so allmählich kannten wir uns ja nun hier auch schon aus. Nun baumelte bei uns ein Traumfänger am Autospiegel (Illona fand den so nett) – was bei den Lakota natürlich gleich zu Witzen über Sekundenschlaf und Autounfälle führte. Ob wir denn wüssten, welche Bedeutung die Traumfänger eigentlich hätten?
Mrs Thin Elk klärte uns darüber auf: „Das ist ja keine einfache, nette Deko, so als typische Handarbeit, sondern so ein Traumfänger stellt eigentlich ein Spinnennetz dar, in dem sich die bösen Träume verfangen und das nur die guten Träume durchlässt – einige sagen auch umgekehrt: das nur die guten Träume auffängt und die schlechten durch die Maschen fallen lässt – egal, wie herum, jedenfalls sollst du's deshalb eigentlich überm Bett aufhängen und nicht gerade am Autospiegel! Siehst du die kleine Perle in der Mitte? Sie symbolisiert die Spinne, die in ihrem Netz sitzt! Iktómi, Spinne, ist für uns eine ganz wichtige Figur! Spinne ist ein Trickster, der Spinnenmann ist eine wichtige Person, über die wir viele Mythenmärchen haben!"
Illona nickte und nahm lachend den Traumfänger vom Autospiegel, um ihn sorgsam über unsrem Bett aufzuhängen.

***

Nach diesen aufregenden Erlebnissen der ersten Stunden und Tage fielen wir abends jedes Mal wie tot in unser Bett. Doch nachdem wir uns ein wenig eingelebt hatten, forderte auch unsere Beziehung wieder ihr Recht.
Wir begaben uns zu Bett, löschten das Licht und wandten uns einander zu. Durch die heruntergelassenen Jalousien fiel ein weiches Dämmerlicht.
Da es nach einem bullig heißen Tag immer noch sehr lau und warm war, trug ich nur eine hellblaue Shorts. Als ich die dünne Bettdecke zurückschlug, stellte ich fest, dass Illona gar nichts trug – außer ihrem durchaus wohlgestalteten Eva-Kostüm. Sie kicherte. Mit einem Schwung warf ich mich auf sie, doch sie roll-

te lachend zur Seite, und wir wälzten uns im Bett wie zwei verschmuste Katzen.
Uns wurde heiß, und obwohl es draußen inzwischen abkühlte, loderten in uns die Emotionen wie schon lange nicht mehr, und während es rasch dunkelte und die ersten Sterne durch die schiefen Jalousien zwinkerten, erlebten wir ein Feuerwerk aus Küssen und mehr.
Doch es wurde eine Liebesnacht mit Hindernissen. Wir hatten uns bereits zweimal geliebt, und Illona sagte zu mir: „Du, wart mal, ich geh nur mal rasch ins Bad." Dann tastete sie mit der Hand nach dem Lichtschalter ihrer wackligen Nachttischlampe. Das Licht flammte auf. (Ja, wir hatten sogar Strom!)
An die mausgroßen Taranteln, die hier überall durchs Steppengras wuselten, hatten wir uns ja schon gewöhnt – man sagte uns, sie seien harmlos, wenn man sie nicht reizte, und wir sollten nur morgens sicherheitshalber in unsere Pantoffeln gucken, ob sich da nicht eine drin gemütlich gemacht hätte. Aber als Illona jetzt ihre Nachttisch-Lampe anknipste, schrie sie auf. Wie ein geölter Blitz fuhr sie aus dem Bett, und auch ich stand mit einem Ruck auf. Entsetzt blickten wir nach oben, auf die Wand über unserem Bett.
„Eine Spinne!", kreischte Illona hemmungslos, „eine schwarze Spinne! Sicher ist sie giftig!!"
Auch ich blickte skeptisch nach oben. Nein, schwarz war sie nicht, sondern dunkelbraun und daher sicher keine der gefürchteten Schwarzen Witwen. Doch besonders vertrauenerweckend sah sie auch nicht aus, und rasch zog ich meinen Feldführer aus der Reisetasche, die immer noch nicht komplett ausgepackt war. Kapitel Spinnen … aha.
Während Illona weiter schreckensstarr nach oben blickte und dabei langsam, Schritt für Schritt, rückwärts von Bett und Wand zurückwich, fand ich schon bald eine Abbildung genau dieser Spinnenart: eine Braune Einsiedlerspinne. Giftig. Na toll. Ihr Biss sei zwar nicht tödlich, doch er verursachte eine sogenannte Nekrose, also ein Absterben des Gewebes rings um die Biss-Stelle. Einsiedlerspinnen lieben die Dunkelheit – und dunkel war's hier ja bis eben gewesen …

Beherzt nahm ich einen Schuh (einen Besen hatten wir nicht), stieg aufs Bett und pirschte mich an die Stelle, wo sie an der Wand saß.
„Tut mir leid!", murmelte ich und schlug zu.
Illona schrie auf, halb aus Angst, ich könne daneben getroffen haben und gebissen werden, halb aus Mitleid mit der Spinne, die ja nichts dafür konnte, dass sie giftig war.
Betroffen betrachtete ich das Gekräusel aus gekrümmten borstigen Beinen, was alles war, das außer einem nassen Fleck von der Giftspinne übrig geblieben war.
Zum ersten Mal begann ich, mich bei einer Tierseele zu entschuldigen. „Vergib mir, bitte", murmelte ich, „aber ich muss meine Frau davor schützen, von dir gebissen zu werden. Ich wünsche dir eine bessere Reinkarnation als jetzt und hier, von mir aus nochmal als Einsiedlerspinne weit weg von uns – oder als Tarantel, die sollen ja angeblich nicht so giftig sein, wie du es gewesen bist …"
Illona lachte mich nicht aus. Auch sie hatte Mitleid mit der Spinne. Doch keiner von uns hatte Lust, weitab von jeder geeigneten medizinischen Versorgung (das meilenweit entfernte Krankenhaus von Pine Ridge hatte doch gewiss kein Serum parat?) von einer Giftspinne gebissen zu werden.

Am nächsten Morgen erzählten wir unseren Nachbarn, der Familie Yellow Horse, von dem Vorfall. Mr Yellow Horse lachte nur gutmütig. „Spinnen sind mal gut, mal böse", erklärte er uns. „Für uns ist die Spinne, Iktómi, eine wichtige Figur! Es gibt ja viele Märchen über sie. Und pass mal auf: Wenn deine Frau mal – ", er senkte verschwörerisch die Stimme – „nicht treu sein sollte, dann zeig ihr einfach ein Bild von einer Spinne und wünsch dir dabei, Iktomi möge mit seinen Spinnenfäden eure Herzen wieder zusammenweben! Du magst es vielleicht nicht glauben – aber es funktioniert!"
Ich lachte auch und dankte ihm für den Tipp. Doch ich war mir sicher, nach alledem, was Illona und mich zusammengeschweißt hatte, würde unsere Beziehung auch ohne solchen Liebeszauber auskommen.

***

Eine andere Nachbarin, Frau Blue Bird, erzählte mir auch: „Wenn wir irgendein Insekt, eine Biene oder Spinne finden, die sich in unser Haus verirrt haben, dann fangen wir sie meist mit einem Pappbecher oder Marmeladenglas ein und setzen diese Kleinen Leute wieder nach draußen – außer, wir haben grad Kleinkinder, Kranke oder Senioren daheim, denen sie gefährlich werden können!"
Es gab also kein Ungeziefer, keine Schädlinge an sich, die man bekämpfen würde. Man wehrte sich natürlich gegen Mückenstiche und Spinnenbisse oder gegen sonstige Insekten und Krabbeltiere, die dem Menschen lästig oder gefährlich werden konnten, aber man verfolgte sie nicht schon vorbeugend mit solcher Verbissenheit, wie es viele Weiße taten, die ja bereits präventiv Wespennester ausräucherten oder auch Schlangen totschlugen – oder am liebsten diese „Viecher" ganz ausrotten wollten. Für die Lakota hingegen hatten alle Tiere zunächst einmal auch ihr eigenes Lebensrecht, das so lange gewahrt wurde, wie es nicht zu schwerwiegenden Konflikten mit dem Menschen kam.
Wir lernten so, respektvoll mit der Natur umzugehen und viele konfliktträchtige Begegnungen zu vermeiden. So wussten wir, dass im Gras Prärie-Klapperschlangen versteckt sein konnten – sie lauerten nicht da, sie sonnten sich. Also sollte man da nicht in Flipflops durchs Gras laufen, logo.

Eines Tages, ich saß gerade daheim im Büro an öden Abrechnungen für die Reservatsverwaltung, für die ich Rechnungsbelege prüfte, kam Illona erneut schreiend angerannt: „Iiiiiiiih! Eine Monster-Fliege!!! Wie schrecklich! Die ist ja so groß wie 'ne Walnuss, und dazu noch diese Riesen-Flügel!!!" Sie schüttelte sich.
Wir gingen beherzt nachschauen, Frau Blue Bird und ich. Sie lachte. „Du meine Güte! Was da an der Wand sitzt, ist ja nur 'ne 17jährige Zikade! Völlig harmlos! Ihre Larve braucht allerdings wirklich 17 Jahre, bis sie zu solch einem stattlichen Insekt wird! Wir nennen sie **mah'áwanglakela**, der kleine Gartenwächter, weil wir sie da manchmal finden, wie sie mit ihren runden

Perlenaugen die Pflanzungen zu bewachen scheinen! Absolut harmlos, yep!“
„Harmlos? Okay …!“ Vorsichtig näherte sich auch Illona. Bei genauerer Betrachtung lernte auch sie die Schönheit von zunächst als hässlich empfundenen Tieren schätzen: „Ihre Flügel sehen ja aus wie aus Spitze geklöppelt!“, sagte sie andächtig. „Eigentlich richtig schön …“
„Ja, das sind alles unsere Verwandten in der Schöpfung“, sagte Frau Blue Bird. „All our relatives in creation!“ Sie kicherte. „Vielleicht findet sie uns ja auch hässlich: keine Flügel und nur zwei Arme und Beine, statt sechs davon …“
Wir nickten. Ja, unser Urteil über die Mitgeschöpfe war sehr menschlich und somit relativ.
Ihr Mann Albert jedoch schien mit der Einschätzung, dies Riesen-Insekt sei harmlos, nicht zufrieden. Er runzelte die Stirn und räusperte sich. „Naja, ihr müsst wissen – meine Frau hält alle Tiere für harmlos! Sie ist halt Traditionalist, und da teilen wir die Tiere nicht in gute und schlechte ein! Doch ich an eurer Stelle wär‘ da vorsichtig! Sie würde auch ‘ne Klapperschlange streicheln, wenn sie sich zu ihr in die Wohnung verirren würde. Überlegt es euch also gut, wie es um die Gefährlichkeit dieser Zikade da steht! Immerhin hat sie blutrote Augen …!“
Sofort schaute Illona wieder verunsichert auf das Monster-Insekt, mit dem sie gerade eben erst ihren Frieden geschlossen hatte. Tatsächlich: Es hatte blutrote Augen.
„Hm –“, fragte sie sich laut, „soll das etwa heißen, dass sie womöglich Blut saugt, so wie Moskitos oder so …?“
„Kann schon sein!“ Albert grinste, fing dann aber einen strafenden Blick von seiner Frau auf und begann, schallend zu lachen. „Das hab‘ ich doch nur zum Spaß gesagt!“, beeilte er sich zu sagen, und zu seiner Frau gewandt, wiederholte er es auf Lakota: „**Ínshe ówehanhan epé yeló**!“, versicherte er uns.
Rachel schüttelte nur den Kopf und grinste nachsichtig.
Illona und ich aber waren erleichtert. So durfte denn das beeindruckende Insekt da an der Wand sitzen bleiben und unbehelligt sein Sonnenbad nehmen. Doch Rieseninsekten, Coyoten, Klapperschlangen, Giftspinnen, dazu Trockengewitter, Tornados und

Wassermangel – so langsam wurde mir klar, dass ich Illona ganz schön viel abverlangte dadurch, dass ich sie hierher in die Prärie entführt hatte, und wie tapfer sie war!

Andererseits fühlte man sich wie auf Safari, wenn einem bei den unvermeidlichen Ferntouren im Auto immer wieder, meist morgens, doch auch selbst am hellen Tage, Coyoten, Stachelschweine oder gar vereinzelt Pronghorn-Antilopen begegneten. Gelegentlich wechselte auch ein kleine Trupp schwarzer, wilder Truthähne über die Straße, wobei der Hahn oft aufmerksam Wache stand wie ein Verkehrspolizist, bis seine Hennen und halbwüchsigen Küken sicher die Straße passiert hatten. Präriehühner hingegen, über die es so viele Kinderlieder gab, sah man seltener – sie waren vom Aussterben bedroht, aber dies durch die Schuld der Weißen, mit ihrer exzessiven Jagd und Naturzerstörung. Hier in der Rez gab es wenigstens noch welche – es war für sie, wie für die Menschen hier, ein Rückzugsgebiet. Wir freuten uns immer, wenn wir auch mal seltenere Tiere sahen.
Naja, und die niedlichen Präriehunde, die überall am Straßenrand auf ihren aufgescharrten Sandhügeln Männchen machten, waren ja nun wirklich zu drollig. Wir hatten sie beide in unser Herz geschlossen, nicht nur Illona. Ich hatte ihr sogar einen Präriehund aus Plüsch geschenkt, den ich am Kiosk neben der Tankstelle entdeckt hatte.

Illona war aber noch durch mehr Dinge belastet. Während ich mich in meinem Büro für die Reservatsbehörden durch den Filz von Abrechnungen kämpfte und auch Wirtschaftlichkeits-Gutachten stellte, hatte sie im Kindergarten, an dem sie tätig war, oft schwierige Erlebnisse zu verarbeiten. Es war ein gemischt von Indigenen und Weißen geführter Kindergarten, alle Mitarbeiterinnen waren sehr engagiert. Doch die Kinder kamen oftmals traumatisiert dorthin oder fehlten auch mal längere Zeit ganz, so dass dann die reservatseigene Sozialarbeiterin auf den Plan gerufen wurde und nachschauen musste, wie es den Kindern ging und ob sie unter häuslicher Gewalt oder Vernachlässigung litten, oft seitens alkoholisierter oder drogenabhängiger Eltern. Einmal hatte

sich eine junge Mutter ohne Vorwarnung umgebracht – die erst Einundzwanzigjährige hinterließ drei kleine Kinder. „Der Selbstmord ist hier in der Rez wie eine Krankheit!“, sagte Frau Thunder Hawk düster, „Es scheint wie ein Gruppenzwang zu sein! Ihre Freundin hatte sich vor einigen Wochen ebenfalls umgebracht. Ebenso ohne Abschiedsbrief, ohne alles!“
Sie nickte, wie zur Bestätigung ihrer Gedanken, die ihr durch den Kopf gingen, und fügte noch hinzu: „Dabei sind Kinder für uns Lakota heilig – sie sind eine Gabe des Großen Geistes! Sie schlecht zu behandeln zeigt, wie kaputt auch ihre Eltern innerlich sein müssen, ganz weit unten vor lauter Hoffnungslosigkeit und Verzweiflung! Das ist keine Entschuldigung, aber es ist eine Erklärung, zu sehen, wie zerstört hier manche Familien sind, durch die extrem hohe Arbeitslosigkeit und Perspektivlosigkeit … Dagegen müssen wir mit aller Entschlossenheit angehen, für die Kinder, für unser ganzes Volk!“

So bemühte man sich auch und gerade in den Kindergärten, schon den Kleinsten alle Hinwendung der ganzen Stammesgemeinschaft zu zeigen und ihr Selbstbewusstsein zu stärken, damit sie mit der Chance auf eine bessere Zukunft aufwachsen konnten. Doch dieser gute Vorsatz wurde oft schon von Kleinigkeiten in Frage gestellt, welche das Dilemma eines Spagats zwischen zwei Kulturen zeigten. Es war nicht nur die Verwahrlosung mancher Kinder aus problematischen Familien, die allesamt Hilfe brauchten, Kinder wie Eltern.
Auch sangen die Kleinen im Kindergarten sowohl englische wie Lakota-Lieder oft ohne rechtes Verständnis, weil sie noch weder die eine noch die andere Sprache so richtig beherrschten. Wie oft kam Illona abends völlig mit den Nerven fertig nach Hause, ganz still und bleich und den Tränen nahe. Ich versuchte, sie zu trösten, indem ich ihr sagte, gerade weil es hier so frustrierend zuging, zeige das uns, dass wir gerade hier und jetzt gebraucht würden und uns das Schicksal daher sicher an den richtigen Platz gestellt habe.
Zufälle, Schicksal? Das Schicksal stellt seine Weichen, und schon geht der Zug des Lebens quer durch die Prärie, und ob er Büf-

felherden zerteilt oder Völker verbindet, das liegt auch an dir. Verhalte dich nachhaltig und achtsam, deinen Mitmenschen und deiner Umwelt gegenüber, dann wird aus blindem Zufall das Wachsen schicksalhafter Freundschaften …

***

Wir besuchten eine stammeseigene Bison-Farm nahe Pine Ridge Village.

Mr. Two Bulls fuhr ohnehin nach Pine Ridge, um dort etwas zu erledigen, und nahm uns zu diesem Ausflug mit. Ein Bekannter von ihm, Mr. Plenty Kills, führte uns voller Stolz zu dem Gatter. Geradezu liebevoll und mit einem innigen, leisen Gebet für die Tiere betrachteten die beiden Lakota-Männer die kleine Herde reservatseigener Bisons.

Zwar hatten die Büffel gelbe Plastikmarken im Ohr, wie Nutzvieh, doch Mr. Two Bulls versicherte uns: „Wir würden unsere Büffel-Brüder nie wie die Weißen ihr Nutzvieh behandeln! Nie würden wir sie kastrieren, enthornen und in enge Ställe pferchen! Dass wir ihnen Ohrenmarken verpassen mussten, dient zu ihrem eigenen Schutz! Denn wenn die Büffel mal aus ihrer Ranch ausbrechen und umherstromern, werden sie sonst von weißen Farmern gleich als herrenloses Wild abgeschossen!"

„Ja, warum das denn?", fragte Illona entsetzt.

„Nun, zum einen betrachten viele Farmer das Wild als vogelfreie Konkurrenz zu ihren eigenen Herden. Zum andern übertragen Bisons leider die Brucellose auf Hausvieh, und während es den Wildrindern oft weniger ausmacht, wenn sie damit infiziert sind, führt es beim Nutzvieh oft zu schweren Erkrankungen, und die Kühe verwerfen dann ihre Kälber."

Mitleidig schaute Illona drein, mit einem Blick, als sähe sie es gerade vor sich, wie die streunenden Bisons gnadenlos zusammengeschossen wurden – genauso wie früher, als man sie während der Kolonisierung der Plains an den Rand der Ausrottung trieb, um den Natives die Lebensgrundlage zu entziehen, sich selbst mit Billigfleisch zu versorgen und sodann Platz für das mitgebrachte zahme Nutzvieh zu machen – das übrigens dann an die

hiesigen Wetterextreme wie Hitze und Dürre im Sommer sowie eisige Kälte im Winter viel schlechter angepasst war als die robusten, genügsamen Bisons.
Mr Two Bulls hatte den Wagen am staubigen Straßenrand geparkt, wir stiegen aus und gingen langsam auf das Gatter zu. Es war nur dieses eine Gatter zur Straße hin sichtbar – dahinter verlor sich das Weideland, scheinbar uneingezäunt, bis hinter den Horizont. Das Gatter auf der anderen Seite musste also sehr weit entfernt sein.
Two Bulls schien meine Gedanken zu erraten. Er schob seinen weißen Cowboy-Hut in den Nacken und blickte stolz über die Herde von ca. 30 Tieren. „Ja, wir halten sie hier in einem halbwilden Zustand! Wenn die Prärie schon zu klein geworden ist und zu zersiedelt und zerstückelt, um sie wie früher frei umherziehen zu lassen, damit sie sich selbst ihre Nahrung suchen, müssen die Herden wenigstens auf unserem Stammesland noch ein wenig umherwandern können, so wie sie es seit Jahrtausenden gewohnt sind und wie es ihnen im Blut steckt. Sie müssen etwas wandern können, um das Grasland nicht zu überweiden. Unser Ideal wäre natürlich, sie wieder völlig frei und ungebunden umherschweifen zu lassen, und wir würden ihnen hinterherziehen, wie früher. Aber – das ist ein schöner Traum …"
Er blickte über die Prärie und die friedlich grasende Bisonherde. Dann gab er sich einen Ruck und fügte hinzu: „Doch es ist unser Erfolg und der unserer Ahnen, die schon vor hundert Jahren so hartnäckig den Geistertanz getanzt und um die Rückkehr der Büffel gebetet haben, dass die überhaupt wieder da sind! Hier in der Gegend waren sie von weißen Büffeljägern schon längst ausgerottet worden – bis ausgerechnet Buffalo Bill sich eines Besseren besann und die letzten Tiere unter Schutz stellen ließ – heute ist nach hundert Jahren der Bison wieder hierher zurückgekehrt!"
Und Mr. Plenty Kills ergänzte: „Drüben im Badlands National Park lebt eine Herde sogar völlig wild und frei, und diese hier, in Stammeseigentum, sind unser ganzer Stolz! Sie gehören zu uns und wir zu ihnen – die Lakota ohne das Zwillingsvolk der Büffel sind undenkbar!"

„... deshalb wurden ja damals auch die Herden gezielt abgeschlachtet, um den Roten Leuten die Lebensgrundlage zu entziehen ...", sagte ich bitter. „Wenn ich davon lese, bin ich heute noch voller Abscheu!"
Two Bulls und Plenty Kills nickten anerkennend. „Du und Illona und solche Leute wie ihr – ihr könnt ja nichts dafür! Ihr helft jetzt, hundert Jahre später, wieder gut zu machen, was damals schlecht gemacht wurde! Und das rechnen wir euch hoch an!"
Wir gingen näher ans Gatter heran. Es war ein einfacher Stacheldraht-Zaun, nicht elektrifiziert. Dennoch schienen die Bisons ihn zu respektieren.
Ehrfürchtig beobachteten wir die riesigen, urzeitlichen Wildrinder mit ihren Bärten und hügelförmigen Buckeln, ihren zotteligen Mähnen und Fransen an den Vorderbeinen. Die gebogenen Hörner verschwanden zwar fast im krausen, braunschwarzen Stirnhaar, doch wenn man bedachte, wie lang diese Haare waren, dann waren auch die Hörner von oft nicht zu unterschätzender Länge.
Eines der halbwüchsigen Kälber schaute herüber, die Ohren neugierig nach vorn geklappt. Nach einer Weile kam es gar gemächlich herübergestakt und ließ sich nach einer Weile in einer staubigen Büffelsuhle nieder. Ganz entspannt ruhte es da, und nur sein kurzer Schweif schlug nach den Fliegen. Es war so dicht herangekommen, dass man sogar seine dunklen, blanken Augen sehen konnte.
„Schööön ...", flüsterte Illona andächtig. „Am liebsten würde ich das zottelige, plüschige Fell mal streicheln ...!"
Doch da zog Two Bulls mahnend die Augenbrauen hoch. „Ihr unterschätzt die Bisons immer wieder – auch in den Drive-In-Nationalparks wie dem Custer State Park, da in den Black Hills, oder dem Touristenmagnet Yellowstone, drüben in Wyoming. Alle halten die Bisons für zahm, weil sie die Autos ganz dicht an sich heranlassen und keine Angst kennen. Und weil sie gelassen und gemütlich aussehen, wenn sie so gemächlich grasen oder dahinziehen. Aber täuscht euch nicht: Es sind und bleiben wilde Tiere! Schon mancher Unvorsichtige ist von ihnen auf die Hörner genommen und zu Tode getrampelt worden!"

Verunsichert blickte Illona zu dem ruhenden Kalb, als ob sie ihm so etwas nie zutrauen würde, wenn es einmal ausgewachsen wäre.
„Also, haltet euch stets in respektvoller Entfernung, wenn ihr einem Büffel in freier Wildbahn begegnet! Mindestens vierfache Rumpflänge einhalten – schon aus Respekt! Ihr würdet ja auch nicht wollen, dass man euch so auf den Leib rückt!"
Illona nickte. Das sah sie ein. Auch die halbwilden Bisons waren keine zahmen Zootiere wie im europäischen Streichelzoo. Doch auch so genossen wir die Nähe dieser mächtigen, beeindruckenden Tiere. Und ich entdeckte, dass Bisons unglaublich tiefgründige Augen haben – wie blauschwarze Brunnen glänzten die breiten Pupillen da in den dunkelbraunen Augen – tief in diesen Augen glomm eine mysteriöse, eigenwillige Persönlichkeit, wie nur Wildtiere sie haben können.

***

Stolz präsentierten sie uns also ihre Bisons, die stammeseigene Herde bei Pine Ridge, so als würden sie uns ihre Verwandten vorstellen – was sie aus Lakota-Sicht ja auch taten. „Die Herde wächst und vermehrt sich, wie auch die in den Badlands, wo die Bisons ja so lange Jahre durch die weißen Büffeljäger ausgerottet waren", ergänzte Plenty Kills. „Sie sind dort vor einigen Jahrzehnten wieder angesiedelt worden, in den Canyons gibt es genug Gras. Es geht ihnen also gut." Die Freude darüber sprach aus seinen Worten und aus seinen Augen.
„Uns Lakota sind alle Tiere heilig, jedes hat sein eigenes Lebensrecht und begegnet uns auf Augenhöhe. Wenn wir welche töten müssen, um selber zu leben, dann entschuldigen wir uns bei ihren Seelen. Wir behandeln alle Tiere mit Respekt. Doch es sind vier Tiere, mit denen wir und andere Natives ganz besonders verbunden sind: der Adler, der Bison, der Bär und der Wolf!"
„Und warum?"
„Nun ja, der Adler ist kampfstark, sieht und fliegt ausgezeichnet – den haben sich ja viele Völker auf der ganzen Welt zum Symboltier erwählt. Der Büffel ist unser Zwillingsbruder, wir Lakota-

Leute und das Büffelvolk sind letztlich ein Volk: Wenn es den Büffeln schlecht geht, dann geht es auch uns schlecht, denn wir sind nicht nur materiell von ihnen abhängig, sondern eben auch spirituell. Wir sind eine große Familie in der Schöpfung. Dann weiter: Vom Bären lernen wir über die Medizinpflanzen, denn der Bär hat eine unglaublich feine Nase, um diese aufzuspüren, er kennt Hunderte Heilkräuter und gräbt auch Heilwurzeln mit seinen scharfen Krallen aus. Man braucht ihn nur zu beobachten, dann ist er schon unser Lehrmeister. Und der Wolf ist ein guter Jäger, hat Familiensinn ... ach, aber auch die anderen Tiere, auch kleine und unscheinbare, wie die kühne Libelle oder die eifrige Ameise, sind uns heilig und Vorbild ..."

„Und was ist mit solchen Tieren wie Stechmücken und Giftschlangen?", wollte Illona fragen. Die Frage stand ihr ins Gesicht geschrieben – sie traute sich aber nicht, sie zu äußern. Ich kannte doch meine Illona!

Doch seltsam – auch der Lakota schien ihre unausgesprochene Frage zu erraten, denn er sagte: „Es gibt aber auch giftige oder lästige Tiere. Gewiss möchtest du wissen, wie wir uns denen gegenüber verhalten. Naja, nach Moskitos darf man natürlich schlagen, wenn sie einen peinigen!" Er grinste. „Giftspinnen und Schlangen kann man aber ganz gut aus dem Weg gehen, wenn man ihre Lebensweise kennt und sich darauf einstellt. Denn auch sie haben ihr Lebensrecht, die Mücken und Wespen, Klapperschlangen und so weiter. Wir erklären uns das Vorhandensein solcher Tiere damit, der böse Geist Gnash habe sie verzaubert, oder auch der Trickster Iktomi, der Spinnenmann ... es gibt viele Mythenmärchen darüber, und die sind sogar oft ganz lustig ..."

Er lachte in sich hinein. „Du kannst das ja mal alles nachlesen – neuerdings gibt's sogar schon Bücher drüber – früher wurde das alles ja nur mündlich weitergegeben ..."

Wir nickten beide und blickten neugierig weiter über den Zaun, wo die schnaubenden, dampfenden Bisons in ihrer beeindruckenden Präsenz vor uns standen, in einer urtümlichen Unmittelbarkeit, so dass man sich als Mensch in ihrer Nähe auf einmal ganz unbedeutend vorkam, schwach und bescheiden ... Und doch waren es Menschen gewesen, die sie an den Rand der Ausrottung gebracht hatten – aber es waren Weiße, welche die Bisons beinahe für immer von diesem Planeten hätten verschwinden lassen, nicht die traditionellen einheimischen Büffeljäger, die diesem vierbeinigen Brudervolk mit Respekt begegneten ... Heute waren sie also Büffelzüchter geworden.

***

An einem schönen Samstagmorgen stellte uns Rose den Botaniker vor – sie hatte ihn gebeten, uns ein wenig in die Pflanzenwelt der Prärie einzuweihen. Es war ein Mann von schwer zu schätzendem Alter, durchtrainiert und ausgemergelt, wettergebräunt und fast so schweigsam wie die Lakota selber. Er lief in khakifarbenen Shorts und einem blassgelben T-Shirt herum, auf dem vorne das Emblem einer amerikanischen Umweltschutz-Organisation aufgedruckt war. Seinen altmodischen Strohhut hatte er in den Nacken geschoben. Er begrüßte uns mit einem wortlosen Kopfnicken. Wir nickten grinsend zurück.
Der Botaniker nahm Illona und mich mit zu einer Wanderung, auf der wir Wildpflanzen bestimmen lernen sollten. Denn diese waren in dieser entlegenen Gegend sehr wichtig, als Hausapotheke oder auch Grundnahrungsmittel spielen sie auch heute noch bei den Lakota eine große Rolle. Der Mann sah aus wie ein Waldläufer, hier war er also eher ein „Präriеläufer“. Seinen eigenen Namen erfuhren wir nie, er war für alle immer nur „Der Botaniker“.
„Ich werd' euch heute sowohl traditionelle Heilkräuter als auch essbare Wildpflanzen zeigen“, kündigte er an. „Wichtig ist, dass ihr festes Schuhwerk tragt trotz der Hitze – wegen der Taranteln und Klapperschlangen!“
Illona warf mir einen bangen Blick zu, sagte aber nichts. Sie hielt sich tapfer, das hatte ich schon mehrfach an ihr bewundert. Der Botaniker warf einen prüfenden Seitenblick auf uns und war mit unserem Schuhwerk zufrieden, und daher konnte es sogleich losgehen.
So stapften wir durch das knochendürre, strohartig raschelnde Gras, aus dem es hier und da unbeirrt grün hervorleuchtete. Bei

jedem Schritt sprangen zahlreiche erdbraune und staubgraue Heuschrecken vor uns auf.
„Ich hab mir das Gras in der Prärie immer viel höher und dichter vorgestellt ...“, meinte Illona ratlos und sah sich um, offenbar ein wenig enttäuscht über so wenig Romantik in der Landschaft.

Ich konnte sie gut verstehen. Auch ich hatte von einer einladenden Graslandschaft geträumt, in der einem lange, grüne Halme sacht schwingend gegen die Beine schlugen und der Wind in Wellen über das grüne Fell der Erde dahinstrich ...
Der Botaniker lachte nur belustigt. „Tja – da müsst ihr viel weiter nach Osten fahren, um das zu sehen – gleich hinter Chicago begann ursprünglich die Prärie, dort am Rande der großen Wälder ist es auch regenreicher, da kann auch das Gras gut wachsen. Dort gibt es tatsächlich noch zwischen Verstädterung und Landwirtschaft einzelne Reste der tall grass prairie, also jenes Gräsermeer aus hohen Grasbüscheln, von dem ihr sicherlich träumt. Weiter westwärts, im Mittleren Westen, wird es allmählich trockener; da wächst dann die mixed grass prairie, also die Grasdecke wird schon schütterer, und hier ganz weit im ‚Wilden Westen‘ haben wir dann die short grass prairie, wie ihr sie vor euch seht ...!“
„Und woran liegt das – warum geht den Gräsern hier sozusagen die Puste aus?“, fragte Illona neugierig.
„Wir sind hier ja auch am Rande der Badlands, das ist ja schon Halbwüste!“, versuchte ich eine Erklärung.
„Ja – doch warum ist hier überhaupt Wüste?“, hakte der Botaniker nach.
„Vielleicht – weil – weil hier der Boden so hart ist?“, vermutete ich. „Der wird hier ja im Sommer hart wie Beton, und drüben in den Badlands haben wir auf der Herfahrt bei unserer Ankunft auch ganze Felsenlandschaften gesehen ...“ Mir fielen die imposanten, zu bizarren Formen erodierten, rot und ockerfarben gestreiften Felsen wieder ein. Dort konnte ja auch kaum eine Pflanze Fuß fassen!
„Das ist nur die halbe Erklärung“, erläuterte der Botaniker. „Denn es gibt ja auch durchaus bewaldete Felsengebirge, wie ihr weiter westlich in den Black Hills sehen könnt! Dort ragen ja nur

vereinzelte Felsennadeln aus dem dichten, dunklen Pinienwald – der gab den Black Hills auch seinen Namen!"
„Ach, genau wie bei uns in Deutschland der Schwarzwald!", rief Illona erfreut aus, „dann sind die Black Hills also quasi eine Art amerikanischer Schwarzwald!"
„Ja – bloß dass euer europäischer Schwarzwald nicht so heiß umstritten ist wie hierzulande die Black Hills, die ja den Natives heilig sind! Bis heute schwelen vor Gericht Rechtstreitigkeiten um die Rückgabe der Gebiete, die damals von den vertragsbrüchigen Weißen einfach für sich vereinnahmt worden sind. Eine finanzielle Entschädigung wollen die Lakota nicht. Und – ich kann sie verstehen!" Er sah jetzt finster vor sich hin. „Es ist wirklich eine Schande, was wir Weißen im Lauf der Geschichte anderen Völkern angetan haben … Diese ganze Gier durch die damalige Kolonialisierung …!"
„Und heute geht das ja bei der Globalisierung grad so weiter …", meinte ich nachdenklich. Illona und der Botaniker nickten.
„Doch zurück zu eurer Frage nach den verschiedenen Prärie-Typen! Die Prärie ist ja nicht einfach nur so Grasland, und damit basta! Wie ich euch eben erklärt habe – gibt es selbst auf den Great Plains schon verschiedene Ökosysteme, je nach der durchschnittlichen Höhe des Pflanzenwuchses.
Immerhin ist dieses kurze, zottige Buffalo Grass hier sehr wertvoll, denn es stellt die Hauptnahrung der Bisons dar und befestigt wegen seiner vielen sprossenden Ausläufer auch noch sehr gut den Boden! Die ersten weißen Farmer hatten das nicht begriffen und die Grasnarbe einfach umgepflügt – dadurch entstanden dann in den 1930er Jahren jene berüchtigten Dust bowls, wo die ganze Humus-Erde durch den scharfen Präriewind weggeweht wurde und nichts als der nackte, unfruchtbare Boden übrig blieb …! Von Oklahoma bis ins kanadische Saskatchewan mussten daher damals viele weiße Farmer nach wenigen Jahren ihre Siedlungen wieder aufgeben!" Er knurrte kurz und ergänzte: „Die zu der Zeit gerade neu angelegte, legendäre Route 66 wurde so zur Straße des Exodus vieler weißer Siedler, deren Träume sich durch ihre ökologische Unwissenheit buchstäblich in Staub und Dunst aufgelöst hatten!"

„Ach ja, ich erinnere mich: John Steinbeck hatte darüber geschrieben, in seinem Werk ‚Früchte des Zorns!‘“, sagte ich.
„Ja genau! Der Zorn entstand ja, als die weißen Siedler sich um ihre Mühen und Anstrengungen geprellt sahen und oft bis nach Kalifornien weiterziehen mussten, weil sie eben die Warnungen der Natives buchstäblich in den Wind geschlagen hatten, Mutter Erde nicht mit einem Pflug zu verletzen! Man lachte einfach darüber und hielt die Ansicht der Indianer wie Sitting Bull für rückständig. Heute weiß man, wie viel ökologisches Gespür in dieser Warnung steckte!“
„Und wieso gibt es heute trotzdem noch so viele Farmen hier in den Plains?“, erkundigte ich mich.
„Nun, zum einen haben sich diese Farmer ja eben dort angesiedelt, wo man entlang der Flussläufe noch relativ gut Landwirtschaft betreiben kann, zum anderen wird oft zur Bewässerung einfach Grundwasser aus dem Boden gepumpt – ihr seht ja überall auf den Farmländereien diese Western-Windräder, mit denen man das macht –, doch eines Tages werden diese Grundwasser-Reservoirs, die noch aus der letzten Eiszeit stammen, erschöpft sein …!“
Er lachte bitter. „Jaja, die Natur rächt sich für menschliches Fehlverhalten, früher oder später! Klimawandel und so! Die Prärie hat es den weißen Farmern und Ranchern von Anfang an schwer gemacht, doch diese wollten sich nicht beirren lassen, nahmen das in ihrem Pioniergeist einfach als Herausforderung an. Sie wollten sich halt lieber mit ihrer aus Europa gewohnten Manier durchsetzen als sich an die hiesigen Gegebenheiten anpassen. Und das, obwohl sogar manche Gräser hier für das Nutzvieh giftig sind!“
Gedankenverloren nickte er vor sich hin, dann nahm er den Gesprächsfaden wieder auf: „Doch wieso ist es nun hier so trocken?“ Er räusperte sich. „Also, mit eurem Argument, hier am Rande der Wüste wächst naturgemäß kaum Gras, oder eben nur kurzes, seid ihr schon ganz dicht dran an der Antwort – jetzt müssen wir nur noch klären, warum denn hier überhaupt Wüste ist, wo es doch auch bewaldete Felsengebirge wie die Black Hills gibt!“

Ich dachte zurück an unsere Herfahrt von Rapid City aus, das in den Ausläufern der Black Hills liegt. Diese majestätischen Berge sind auch vom Pine-Ridge-Reservat aus noch in der Ferne sichtbar, als dunkle, behäbige Wellenlinien am Horizont ganz im Westen. Für die Natives, denen diese Heiligen Berge den Mittelpunkt ihrer spirituellen Welt darstellen, musste es besonders schmerzlich sein, aus dem armseligen Reservat hinüberzublicken zu diesen fernen Bergen, die ihnen einst gehörten – ein Blick wie hinüber ins Gelobte Land, das ihnen genommen wurde – von den reichen Jagd- und Fischgründen und Baumbeständen dort ganz zu schweigen! Ich hatte gehört, dass heutzutage etwa die Baumstämme für Tipis-Stangen von weither transportiert werden mussten, wenn mal wieder traditionelle Zelte aufgeschlagen werden sollten, etwa für Zeremonien oder auch für Touristen – eben weil man das Holz nicht mehr einfach aus den damals noch eigenen Wäldern holen konnte. Ich wünschte den anhängigen Klagen der Natives vor Gericht wenigsten zur teilweisen Rückgabe der Black Hills viel Erfolg …

„Hm, das ist schon rätselhaft", sagte Illona und zog ihr hübsches Näschen kraus. „Die Black Hills selber sind grün, da sprudeln Quellen und Bäche, und nur gut hundert Kilometer weiter, in den Badlands, ist eine total trockene Mondlandschaft … Wie kann das sein?"

Nachdem wir nun lange genug mit mäßigem Erfolg herumgerätselt hatten, half uns der Botaniker mit einer geschickten Frage auf die Sprünge: „Denkt doch mal nach – was befindet sich denn ganz weit im Westen, noch höher als die Black Hills?"

„Die Rocky Mountains!", sagten wir wie aus einem Munde.

„Genau!" Der Botaniker lachte und löste für uns das Rätsel auf: „Und damit habt ihr schon den Grund! Ganz einfach: Die Rockies bilden eine natürliche Barriere zum Pazifik, von wo ja immer feuchte Luft aufsteigt durch die Verdunstung. Diese aufsteigenden Wolken regnen sich nun über dem Gebirge ab und erreichen die mittleren Plains nicht mehr. Die Black Hills als letzte Ausläufer – oder von hier aus gesehen: als Vorgebirge – der Gebirgskette der Rockies bekommen gerade noch die letzten Regenwolken ab! Manchmal kommt auch ein Tornado von Nebraska herüber,

der bringt dann feuchte Luft vom Golf von Mexiko, doch die Haupt-Windrichtung ist hier von Westen. Von da kommt meist das Wettergeschehen. Na, und wenn sich über den Gebirgswällen schon all die Wolken abgeregnet haben, dann bleibt in deren Windschatten kaum noch Feuchtigkeit übrig! Daher hat sich hier die Halbwüste ausgebreitet – sogar die Lakota selber nennen diese Gegend ‚**makóshica**', also „Schlechtes Land' – und dieses Reservat hier am Rande der Felsenwüste ist das einzige, was man ihnen von ihrem einstigen Stammesland noch gelassen hat – das ist doch wirklich zum Verzweifeln, oder?!"
Wir nickten beschämt, obwohl wir persönlich doch gar nichts für diese Geschichte konnten.
„Und alles Land, das noch halbwegs als Farmland taugt, weil es noch von den Flüssen bewässert wird, welche die Black Hills verlassen, wie der Rapid Creek oder der Cheyenne River, haben weiße Farmer kurzerhand für sich vereinnahmt – nach ihrer Rechtsvorstellung sogar ganz legal – denn sie wurden ja von ihren weißen Regierungen sogar dazu ermuntert ...!", ergänzte der Botaniker grimmig.
„Aber zumindest in Teilen der weißen Bevölkerung setzt allmählich ein Umdenken ein ...", fügte er leise hinzu. „Man sieht es in den Medien, man kann es in den öffentlichen Debatten heraushören ... das lässt wenigstens hoffen!"

Nachdenklich nickten wir. Illona und ich teilten seine Hoffnung, welche die Hoffnung all der entrechteten Natives war, und aller Menschen, die nach Gerechtigkeit streben. Wieder schweifte unser Blick über dieses harte, unbeugsame Land, das Hitze und Kälte trotzte – so wie die Menschen hier dem erlittenen Unrecht trotzten. Mir schoss der Gedanke durch den Kopf, dass die Menschen hier genauso einen zähen Überlebenswillen brauchten wie die strohgelben und graugrünen Gräser und Kräuter, die hier beharrlich wuchsen.
Wir gingen einen sanften Hügelhang hinab und kamen zu einem ausgetrockneten Bachbett, an dem es hier und da noch ein wenig grünte. Der Botaniker wurde ganz lebhaft und machte uns auf verschiedene Stauden aufmerksam.

„Das hier ist der Rote Sonnenhut, **icáhpe hu** – er ist die reinste Allround-Medizinpflanze und wird für so ziemlich alles verwendet, von Erkältung über Kopf- und Zahnschmerz bis zu Wundbehandlung und Schlangenbiss.
Das da drüben ist Gum Weed, einen deutschen Namen hat die Pflanze wohl noch gar nicht, auf Lakota heißt sie **pteíciyuha**, Büffelklette, oder auch **canshínshinla**, die Harzige; als Tee ist sie wegen ihres Gummiharzes gut gegen Husten und Heiserkeit …
Dann, mal seh'n, ob wir heute auch Wilden Yssop finden, drunten Richtung Erosions-Canyon wächst oft diese und manch andere wilde Minze. Der Riesen-Yssop ist eine endemische Art, die nur hier vorkommt und merkwürdigerweise nach Anis schmeckt, weshalb sie gern als Tee getrunken oder auch zur Erfrischung gekaut wird, daher nennt man sie hier **wahpé yatápi**, ‚Sie-kauen-dieses-Kraut'.
Übrigens, stets darauf achten, nie zu viel zu pflücken, immer nur ein wenig für den Eigenbedarf, die Lakota haben schon von jeher das Prinzip der Nachhaltigkeit praktiziert, um die Wildbestände zu schonen!"
So lernten wir nach und nach auch die blühenden Wunder der Prärie kennen. Illona war mir übrigens in der raschen Auffassungsgabe für die Pflanzenwelt überlegen, rasch lernte sie es, mit bald schon geübtem Blick ihre ersten Arten zu bestimmen. Dafür entdeckte ich schneller auch unauffällig-tarnfarbene Kleinvögel oder Eidechsen. Der Botaniker war mit Illonas Künsten sehr zufrieden. „Das werdet ihr auch sicher gut brauchen können, dieses Wissen!", meinte er nachdenklich. „Bis zur nächsten Apotheke in Rapid City sind's hier nämlich fast 70 Meilen!"

***

An einem anderen Tag besichtigten wir auch eine Topinambur-Plantage. Hier wurde das ganze Elend der modernen Lakota-Farmer so richtig sichtbar: Das Feld war in der anhaltenden Dürre verdorrt, die Bewässerungspumpe zu allem Überfluss kaputt. Ersatzteile gibt es bestenfalls in Rapid City, und das ist eine Tagesfahrt mit dem Auto entfernt, über staubige Halbwüstenpisten,

etwa 120 Kilometer einfache Strecke …
Nun waren die Lakota notgedrungen schon sesshaft geworden und großteils bescheidene Farmer oder Viehzüchter, und dann dieses Pech mit der anhaltenden Dürre!
„Ja, das gute Land, wo auch in heißen Sommern noch was wächst, das haben sich die weißen Farmer in den letzten hundert Jahren alle schon längst unter den Nagel gerissen!“, sagte Mr. Yellow Horse bitter. „Legal oder illegal. Und dann heißt es abschätzig: „Schaut mal, diese Injuns, die können ja nicht mal richtig Ackerbau betreiben! Bei ihnen wächst ja nichts!“
Und dann fügte er sehr leise hinzu: „Und das sagen dann weiße Farmer, die nicht mal Respekt vor **Uncí Maká**, vor Großmutter Erde, haben und auf sie draufspucken!“

***

Mit der Zeit erfuhren wir immer mehr über die enormen Anstrengungen, die von vielen Reservatsbewohnern selber unternommen wurden, um die hiesige Bevölkerung aus ihrer Lethargie zu reißen und ihnen durch die Beibehaltung der Traditionen Halt und Lebensorientierung zu geben.
Da gab es rund ums Jahr so manchen Memorial Ride, Gedenkritte zur Erinnerung an irgendein historisches Ereignis, etwa die Schlacht am Little Bighorn (die am 25. Juni 1876 stattgefunden hatte) oder das Massaker von Wounded Knee (vom 29. Dezember 1890), oder auch mal einen Sobriety Ride, um speziell die Reservatsjugend gegenüber den Gefahren des Alkoholismus zu sensibilisieren.
Da diese Ausritte meist mehrtägige, sehr harte und entbehrungsreiche Touren waren, ob bei Hitze oder Kälte, zu den Originalschauplätzen der Schlachten oder den Gedenkstätten, und da wir keine erfahrenen Reiter waren, sahen wir die Gruppen von Reitern nur vorbeiziehen, in langen Kolonnen, geführt von Lakota-Ältesten, denen Alt und Jung folgten, schweigend, mit stolzen und verschlossenen Gesichtern. Jeder sann dem Schicksal seines Volkes nach, und in solchen Augenblicken bekam ihr Gesichtsausdruck etwas Unnahbares, hinter dem sich all das jahrhunderte-

lange Leid und das Trauma all der erlittenen Ungerechtigkeiten verbarg.
Sogar im strengsten Winter fand ein solcher Gedenkritt statt, der Bigfoot Memorial Ride, der sogenannte **Sitánka Wókiksuye**, denn damals im Dezember 1890 waren ja die Opfer des Massakers von Wounded Knee noch nicht einmal geborgen worden und zu grausigen Eismumien erstarrt. Durch die Entbehrung des winterlichen Rittes wollten die Nachfahren der Opfer ihnen wenigstens im Gedenken noch nahe sein. Auch wir hatten den Lakota-Namen von Wounded Knee, **Cankpé Ópi**, inzwischen schon längst gelernt, so oft war er auch heute noch in aller Munde, als kollektives Trauma.
Doch auch heitere Ereignisse unterbrachen die Monotonie des Reservats-Alltag – vor allem die jährlichen Powwows, die hier **wacípi** genannten Tanzfeste, wo die Familien wieder von weither zusammenkamen und manch semiprofessioneller Nachwuchstänzer Preise abräumte, in Form von Geld oder auch einem Pferd oder sonstigen wertvollen Dingen. Auf der Pine Ridge Reservation gab es gleich mehrere Tanzarenen auf der grünen Wiese, die größte davon in Pine Ridge Village, daneben auch kleinere, provisorische, sogar schuleigene – im Winter tanzte man auch in den Turnhallen der Schulen.
Wir kannten einen Jungen in der Nachbarschaft, Bob, der überhaupt nicht traditionell aussah mit seiner roten Baseball-Kappe, seinem schlabbrigen, ausgeblichenen T-Shirt und seinen Jeans und Turnschuhen. Einzig sein langes Haar, mit einem Gummiband zusammengehalten, wirkte vielleicht etwas indianisch. Doch beim Powwow war er nicht wiederzuerkennen: eine bunte Tanztracht, mit Stoffen aus traditionellen Mustern, gesträubter Kopfputz mit zwei Adlerfedern, hinten am Rücken der Federkranz in der Form einer Kaktus-Blüte, perlenbestickte Mokassins und Federfächer in der Hand. Dann wirkte auch sein Gesicht nicht mehr angeödet und gelangweilt, dann war er ganz geballte Kraft, Konzentration pur, und zum Dröhnen der Trommeln schritt er auf die Tanzfläche, angespannt wie ein Puma, tanzend wie ein Kranich, springend wie ein Präriehuhn … eine erstaunliche Verwandlung ging dann in ihm vor. Und er war einer von

jenen, die bei den Tanzwettbewerben abräumten – und auf einmal verstand ich, warum er das ganze Jahr über mit Hula-Hoop-Reifen jonglierte: Er trainierte auch für den Hoop Dance, wo man sich beim Tanzen schlangengleich und artistisch durch die Reifen windet.
Und nur in diesem Zusammenhang wurde er auch gesprächig: „Angefangen hab ich schon mit, hm, etwa drei Jahren, mit Traditional Dance. Mein Onkel sagte, ich hätte Talent, und ich hab halt weitergemacht. Inzwischen fieber' ich schon jedem Powwow entgegen. Wenn die Trommel schlägt, dann schlägt auch mein Herz ganz anders, alles ist viel intensiver. Inzwischen hab ich auch schon Fancy Dance getanzt und bin jetzt beim Hoop Dance gelandet. Das Jonglieren mit den Reifen – das ist mein Ding! Tolle Sachen kann man da machen …!"
Und seine Schwester Megan, die gerade herzukam, wurde auch ganz lebhaft und beteiligte sich eifrig an unserem Gespräch: „Hey, unsere Jugendgruppe hier experimentiert gerade mit Musikrichtungen! Sie haben einen tollen Mix aus Hip Hop und traditioneller Powwow-Musik erfunden – und sie tanzen dazu sogar in gemischter Aufmachung, einige in full regalia, also traditioneller Tracht, und andere in Jeans und T-Shirt, und mit Turnschuhen statt Mokassins! Und der Clou: Zum Schluss wechseln sie die Rollen, da tanzen dann die federngeschmückten Tänzer mit ihren Lederfransen-Trachten im Hip Hop Style und die in Jeans und Turnschuhen machen traditionelle Tanzschritte!"
Ich staunte. „Wow! Das würd' ich zu gern bei nächster Gelegenheit mal selber sehen!"
Und ich dachte mir: Das nenn' ich lebendige Traditionen! Weiterentwicklung statt Museums-Starre!

***

„Komm mich doch mal an meinem Arbeitsplatz besuchen!", sagte Illona. Und sobald ich an einem Tag mal Zeit hatte, tat ich genau das.
Auf dem Weg zum Kindergarten machte ich mir darüber Gedanken, wie fremd eigentlich solche Einrichtungen wie Kindergärten

und Altersheime den Lakota sein mussten, die es ja gewohnt waren, in Mehrgenerationen-Verbänden zusammenzuleben. Doch durch die erzwungene Sesshaftigkeit und, so möglich, auch Berufstätigkeit, kamen eben auch diese Änderungen in die Lakota-Gesellschaft und hielten dort wie selbstverständlich Einzug.
Vor dem Kindergarten stand ein Grüppchen etwa fünfjähriger Kinder und unterhielt sich über den Busemann, den **Cicíye** oder „Boogeyman". Die Kinder stritten sich lebhaft darüber, wie der denn aussähe. Ein Mädchen meinte, sicher wie eine Rieseneule mit feurigen Augen, ein Junge hingegen versicherte, nein, wie ein Monster. Jedenfalls nahm der Ciciye unartige Kinder mit … allen gruselte es, aber in einer wohligen Weise, sie kicherten alle, und langsam kehrte Ruhe ein. Jedes Kind machte sich seine eigenen Gedanken über den Ciciye.

Der Kindergarten war ein flacher Bungalow, hell und freundlich, zwar alles sehr einfach, doch die Wände liebevoll mit Motiven von Adlern und Pferden sowie Bisonspuren bemalt. Diese sollten Glück bringen.
Geleitet wurde der Kindergarten von einem Tandem-Team aus Lakota-Frauen und Weißen, zwei Frauen, die aus Europa gekommen waren, um sich hier sozial zu engagieren. Die Betreuung funktionierte in einer Mischung aus traditionellen Stammes-Sitten und modernem Stil, auch Waldorf-Pädagogik wurde hier ausprobiert.
Das Bilderbuch-Material zum Basteln und Ausmalen stammte von einem berühmten Lakota-Künstler, der für die nachwachsenden Generationen liebevolle Bilderserien kreiert hatte, welche nun von den Kleinen voller Hingabe auskoloriert wurden. Da auch sein Krafttier ein Adler war, hatte er zudem einen sehr schönen Adler in traditioneller Manier ins Foyer gemalt. Der Adler begrüßte nun die Kinder und ihre Eltern mit ausgebreiteten Schwingen, so als wolle er sie alle umarmen.
In einer Pause konnte sich Illona ein wenig mit mir unterhalten. „Was mir zunächst auffiel, war, dass die indigenen Kinder auffallend viel ruhiger sind als weiße oder farbige Kinder in vergleichbarem Alter." Egal, ob gebastelt oder Ball gespielt wurde – über

allem lag eine ruhige Atmosphäre, und auf Illona wirkten viele der Kinder zunächst sogar eher reserviert und scheu. Reserviert waren sie eigentlich nicht, aber manche tatsächlich scheu, denn viele der Kinder waren traumatisiert, entweder durch häusliche Gewalt oder auch durch das kollektive Trauma der Entwurzelung ganzer Generationen seit jener Zeit, als die einst stolzen und freien Natives in die Reservate gezwungen wurden – und noch froh sein konnten, überhaupt noch einen Teil ihres Stammeslandes zugestanden zu bekommen, während der Großteil ihnen genommen wurde – und jahrzehntelang in den strengen Internaten sogar das Sprechen der eigenen Muttersprache streng verboten war.

Manche der Kinder waren auch verhaltensauffällig, vor allem einige Jungs gebärdeten sich aggressiv gegenüber anderen, einige hatten offenkundig auch Gesundheitsschäden, aus den unterschiedlichsten Gründen. „Einige schwangere Mütter hatten Drogen genommen – und ein ganz großes Problem hier ist das kontaminierte Grundwasser …"

Eines der Kleinkinder, ein niedliches, besonders ruhiges Mädchen, hatte eine beunruhigende Eigentümlichkeit. Illona hatte eine ganze Weile gebraucht, um dahinter zu kommen, was mit dem Mädchen eigentlich los war. Die Kleine war etwa gut ein Jahr alt und schaute durchaus aufmerksam umher. Doch irgendetwas stimmte mit ihr nicht. Dann, auf einmal, war es Illona aufgegangen, woran es lag: Die Kleine hatte ein leicht asymmetrisches Gesicht, und ein Auge war kleiner als das andere. Zunächst hatte Illona geglaubt, die Kleine würde nur blinzeln und das Auge wieder weiten, aber ihr Gesichtchen war tatsächlich schief.

Die andere Erzieherin, die Gruppenkollegin, bemerkte Illonas entsetzt-anteilnehmenden Blick, ihre verstohlene Beobachtung der Kleinen, und raunte ihr zu: „Das ist sicher eine Auswirkung der low radiation – der ständigen, niedrig dosierten Strahlenbelastung in dieser Gegend. Das Mädchen ist garantiert davon geschädigt, von Geburt an. Sie kam schon mit dieser Fehlbildung im Gesicht zur Welt …"

Illona krampfte sich das Herz zusammen. Sie brauchte einen Augenblick, um diese Nachricht zu verdauen und sich innerlich zu

sammeln. Sie war voller Mitleid für das Mädchen – und, wie es sie siedend heiß durchfuhr: Auch alle anderen, Kinder wie Erwachsene, wären ja dann gefährdet, einschließlich sie selber. Dann fragte sie ihre Kollegin: „Und – wo kommt diese Strahlung denn überhaupt her? Ich meine, wieso –?"
Die andere Erzieherin zuckte mit den Achseln. „Weiß nicht. Es heißt, in Gegenden, wo es Gold gibt, da gibt's halt auch viel Uran ... Im Urgestein oder so. Und, na ja, unweit von hier war ja damals der Goldrausch ... "
„Also hätte das natürliche Ursachen?"
„Vermutlich. Aber es kann natürlich auch irgendeine andere Umweltverschmutzung sein ... heutzutage ist ja so viel verseucht!"
Das war es, wovon Illona erfuhr. Davon erzählte sie mir jetzt, abseits von den Kindern, doch wir mussten unser Gespräch rasch beenden, denn sie wurde schon wieder gerufen und gebraucht. Die Spielpause war zu Ende, jetzt ging es weiter. So als sei nichts geschehen, nichts Besonderes los.

***

Daheim hatte mein Besuch an ihrem Arbeitsplatz noch ein unerwartetes Nachspiel. Zunächst wusste ich gar nicht, was mit ihr los war – sie erschien mir nur besonders müde und erschöpft. Doch dann merkte ich, dass viele Gemütsregungen bei ihr miteinander zusammenhingen und zu dieser bei ihr ungewohnten Mattigkeit führten: Illona hatte, im Gegensatz zu mir, oft Heimweh. Verstärkt wurde dieses Heimweh noch von den ungesunden Lebensverhältnissen hier, von denen wir so nach und nach erfuhren. Es wurde gemunkelt, mit dem Grundwasser hier sei etwas nicht in Ordnung. Es war, als sickerte der Gedanke an das möglicherweise belastete Grundwasser wie Gift allmählich in unser Gemüt.
Wie stark wurde durch diese unsichtbare Gefahr denn eigentlich auch unsere eigene Zukunft bedroht, gesundheitlich wie familiär? Und woher genau kam sie? Wurden hier in der Rez alle Bewohner womöglich schleichend vergiftet? Könnte man diese Gefahr eventuell eindämmen, und wenn, dann wie? Diese

bangen Fragen stellten wir uns im Stillen wohl oft. Das Wasser hier benötigten wir ja alle, nicht nur zum Waschen, sondern auch zum Kochen – und es war unmöglich, stets ganze Batterien voll Trinkwasser aus dem Supermarkt hierher zu schleppen und zu bunkern. Klar, dass all diese Sorgen besonders Illona aufs Gemüt schlugen und ihr Heimweh verstärkten. Das konnte ich nur zu gut verstehen.
Dennoch war bei mir das Heimweh längst nicht so stark ausgeprägt wie bei Illona, vielmehr sah ich die Sorge um die natürlichen Ressourcen als Herausforderung, die Missstände gemeinsam mit anderen anzupacken, auch wenn dies schwierig war. Das Grundwasser müsste sich doch irgendwie filtern lassen? Mit moderner Technik! Dafür müsste halt das entsprechende Fundraising durch die Hilfsorganisationen her … eine anspruchsvolle Aufgabe, die mich eher noch zum Bleiben anspornte … Doch auch Illona war ja sehr kämpferisch eingestellt, trotzdem ging alles allmählich über ihre Kräfte, drohte die Sehnsucht nach daheim sie zu übermannen. Ich machte mir zunehmend um sie Sorgen, auch um uns und unsere Zukunft. Dabei hatte ich uns beide schon hier Wurzeln schlagen sehen, so beständig wie die Präriepappeln am Fluss …
Nun schienen sich düstere Wolken am Horizont unserer Pläne zusammenzuballen. Gegen Heimweh ist ja bekanntlich kein Kraut gewachsen …

Ich selbst fühlte mich sozusagen als global player: Da, wo ich Freunde hatte, da fühlte ich mich daheim. Meine eigene Familie in Deutschland war im Zweiten Weltkrieg zur Hälfte ausgelöscht worden, einige im damaligen Bombenhagel auf Berlin und Königsberg und andere auf der Flucht vor einem furchtbaren Reich, in dem jede Menschlichkeit abgeschafft worden war und das dann als Konsequenz daraus im Inferno unterging. Die andere Hälfte der Familie, die nicht der Kriegshölle, den Krankheiten oder Hunger und Kälte zum Opfer gefallen waren, hatte nach dem Krieg neu angefangen, mit dem Optimismus der Überlebenden. Doch war die Familie nun weit über die ganze Bundesrepublik verstreut, in den alten wie den neuen Ländern; einige

entfernte Verwandte waren sogar in die Vereinigten Staaten ausgewandert und gehörten zu jener Generation später Auswanderer des 20. Jahrhunderts – aber ich kannte sie nicht mehr, der Kontakt zu ihnen war schon seit Jahrzehnten abgerissen. Eigentlich schade – ich hätte gerne gewusst, wie sie hier lebten, und auch, wie sie sich in diesem Lande den Natives und der Natur gegenüber verhielten. Doch hoffentlich auch mit dem gebührenden Respekt?
Doch die Zeit hatte die familiären Kontakte nach Übersee abreißen lassen – im Laufe der Jahrzehnte ging auch die Generation, die den Krieg und seine Schrecken noch selber miterlebt hatten dahin – wie eben die Generationen und Zeitzeugen allmählich wegbrechen. Daher war es mir zunehmend egal, wo ich lebte – das Netz der Angehörigen war doch schon so löchrig geworden, dass mich emotional nichts mehr so sehr an meine Familie in Deutschland band, so dass ich um jeden Preis hätte dort bleiben wollen. Stattdessen stellte ich zuweilen Betrachtungen an, wie sehr doch das Schicksal der Diskriminierten und Unterdrückten, seien es Juden, Natives oder andere, sich in trauriger Weise ähnelt – offenbar ohne dass die Menschheit wirklich etwas daraus lernt. Aber das waren eben politische oder ethische Gedanken jenseits von Heimweh und Nostalgie. Innerlich fühlte ich mich unabhängig.
Anders Illona! Sie war und blieb mit ihrer Familie zuhause verwoben, mit jeder Faser ihres Herzens vermisste sie ihre Lieben daheim. Ich spürte das immer, wenn sie wieder mal nostalgisch oder einsilbig wurde – besonders, wenn sie mal wieder Frust am Arbeitsplatz hatte. „Hey, sag mal – war heut was?“, fragte ich einmal. „Hm – ach nee, eigentlich nicht …“, antwortete sie zögernd. „Aber uneigentlich?“, versuchte ich zu scherzen. Eine Weile druckste sie herum, dann brach es aus ihr heraus: „Ich lieb‘ die Kids da ja, alle – und sie liegen mir auch alle sehr am Herzen! Aber – aber – es ist manchmal so anstrengend zuweilen – und ich bin auch nur ein Mensch!“
Ich nickte zustimmend, abwartend.
„Und – es ist – du weißt ja, es sind immer einige verhaltensauffällige Kinder da, aus kaputten Familien, die brauchen viel be-

hutsame Zuwendung und Einfühlungsvermögen. Das Problem ist, bei den ohnehin eher ruhigen Lakota-Kindern bemerkt man ihre Probleme oft nicht gleich auf den ersten Blick – weil sie meist eher introvertiert sind, ist es oftmals schwer bei ihnen festzustellen, was in ihnen vorgeht." Sie sah offenbar irgendeine Szene aus dem Kindergarten vor ihrem geistigen Auge und fuhr fort: „Aber es gibt auch andere Fälle, wo Kinder ganz offenkundig an zerbrochenen Familienverhältnissen leiden. Wenn da auch nur ein solch kleiner Rabauke mit ADHS dabei ist, der mischt dir die ganze Gruppe auf, sag ich dir!"
„ADH- was? Äh, was war das nochmal?" Ich kannte mich nur in meinen BWL-Begriffen gut aus.
„ADHS, das ist eine Aufmerksamkeitsdefizit- beziehungsweise Hyperaktivitätsstörung. Die können ja nichts dafür, wenn sie auf diese Weise auf sich aufmerksam machen wollen, ihr seelisches Defizit kompensieren – es ist wie ein stummer Schrei nach Zuwendung – mir zerreißt es jedes Mal das Herz! Aber wenn sie dann in ihrer Zerstörungswut alles Papier kaputt rupfen und die gemalten Bilder von andern Kids gleich mit – das ist dann immer ganz schön nervig und auf die Dauer trostlos – das kostet einen viel Kraft, dann muss man einfach stark sein, egal wie einem dabei zumute ist … da bräuchte ich ab und an einfach mal selber jemanden, der mich bestärkt und in die Arme nimmt …"
„Du hast ja mich!"
„Klar, Schatz – ich will ja auch nicht irgendwie undankbar 'rüberkommen – ich wollte auch nicht damit sagen, dass du mich nicht emotional auffangen würdest in solchen Stress-Situationen … aber manchmal ist es eben einfach nicht genug, das Verständnis der Kolleginnen vor Ort und des eigenen Mannes, wenn man abends müde und den Kopf voller Sorgen heimkommt – man bräuchte was in genau jenem schwierigen Moment, wenn man da drinsteckt – früher, drüben in Deutschland, da war meine eine Kollegin meine beste Freundin, das war anders …"
„Ja, ich denke, du hast hier auch rasch gute Freundinnen gefunden?!"
„Ja, doch, hab ich ja auch – und das, obwohl es immer heißt, die Natives seien angeblich Weißen gegenüber so zugeknöpft – das

stimmt ja gar nicht! Meine Kolleginnen hier sind alle sehr herzlich – aber ich kenne sie eben noch gar nicht so lange! Erst seit ein paar Monaten – meine Freundinnen in Deutschland kenn ich seit vielen Jahren, ach, seit ewig!“ Ich nickte verständnisvoll und strich ihr übers Haar. Dann nahm ich sie in den Arm. Das half ihr offenbar, noch mehr Ehrliches abzuladen: „Wir haben auch im Team alle Vertrauen zueinander, aber die Freundschaft, die muss ja mit der Zeit erst wachsen, nicht wahr, ich kann doch den Kolleginnen gegenüber nicht plötzlich selber Schwäche zeigen, wir müssen ja stark sein für die Kinder, die uns brauchen!“ Sie seufzte.

Ich spürte, wie sie so rasch atmete, als käme sie vom Jogging. Schon lange hatte ich Illona nicht mehr so aufgewühlt erlebt. Schon fuhr sie fort – die Worte sprudelten aus ihr heraus wie nach einem verbalen Dammbruch, es hatte sich einiges in ihr angestaut:

„Und an den Wochenenden – wie gern würd ich mal meine Eltern und meine Schwester besuchen – mal eben schnell hinfahren! Aber das geht ja jetzt nicht! Einfach über den Großen Teich hüpfen?! Wir können ja schon froh sein, wenn wir alle ein bis zwei Jahre mal 'n Flugticket für Weihnachten in Deutschland zusammengespart kriegen!“ Sie bekam feuchte Augen und kämpfte mit den Tränen. „Manchmal fühl ich mich nicht nur 8000 Kilometer von daheim entfernt, sondern wie auf 'nem anderen Planeten!“ Jetzt unterdrückte sie ein Schluchzen.

Ich war alarmiert. Durfte ich das alles Illona überhaupt zumuten? Sollten wir nicht doch besser bald nach Europa zurückkehren? Hatte ich bei all ihrem Engagement, ihrer Hingabe auch für schwierige Kinder, die Situation überschätzt, ihre Kräfte überfordert? Da sie so selten über sich sprach, hatte ich gar nicht gewusst, wie schwer es ihr hier tatsächlich manchmal fiel und wie groß ihr Opfer war, für mich und für all die zuwendungsbedürftigen Kinder hier zu leben. Ich schwieg und war bange und gespannt, wie sich die Dinge weiter entwickeln würden.

Als könnte sie Gedanken lesen, sagte Illona leise: „Ich will ja auch gar nicht weg hier – nicht dass du das womöglich von mir denkst! Mir liegt die pädagogische Arbeit mit den Kindern hier ja wirklich sehr am Herzen! Man kann nicht einfach vor den Problemen dieser Welt davonlaufen!" Sie schniefte leise. „Und auch bei uns in Europa gibt's ja alle möglichen Umweltbelastungen, etwa Feinstaub oder Pestizide und so! Aber manchmal ist es sehr schwer – fast zu viel, ehrlich gesagt!" Sie schluckte. „Jeder Rückschlag zieht mich auch persönlich runter. Ich mach' mir dann immer Vorwürfe, ich hätte noch mehr und noch mehr für die Kids tun müssen – zuweilen geht es dann echt über meine Kräfte! Es wäre einfach mal schön, wenigstens für eine Weile selber in einen emotionalen Schutzraum zurückkehren zu können ... Und meine Eltern werden ja auch nicht jünger ...!"

Jetzt raffte ich meine Entschlusskraft zusammen und sagte, indem ich alle mir zu Gebote stehende Überzeugung in meine Worte legte. „Liebes, ich verspreche dir – irgendwie werden wir das Geld schon auftreiben, dass wir öfter mal nach Europa 'rüberfliegen, um deine Familie zu besuchen!"

Und, um dem Ganzen eine humorvolle Wendung zu geben, setzte ich hinzu: „Und wenn wir dafür selber Rancher werden müssen und zum Verkauf Pferde züchten!"

Illona lächelte dankbar und schaute mich durch tränenverklebte Wimpern an.

***

Es war Samstag. Frau Blue Bird klopfte an unsere Tür. Ich öffnete, Illona kam ebenfalls neugierig herbei, wer denn da zu Besuch käme. Frau Blue Bird war eine rüstige Mittfünfzigerin, stämmig und etwas vierschrötig, aber eine tolle Erscheinung. Ich konnte sie mir gar nicht anders vorstellen als mit ihrer etwas bulligen Figur, sie hatte einfach eine perfekte Ausstrahlung mit ihrer ganzen Persönlichkeit, und ich hätte sie mir kein Gramm leichter vorstellen mögen. Sie strahlte eine Herzenswärme aus, die besonders Illona gut tat. Mrs. Blue Bird nahm sie denn auch gern unter ihre Fittiche. Sie schlug ihr sogar vor, in ihren Näh- und Bastelkreis einzutreten, zu dem sich regelmäßig die Frauen der Umgebung trafen. Illona sagte gerne zu, sie war gespannt darauf. Mrs Blue Bird nickte: „Du wirst sehen – dir wird's dort schon gefallen!"

Ihr typisch rötlichbrauner Lakota-Teint, ihr tiefschwarzes, nur von wenigen Silberfäden durchzogenes Haar, ihre schmalen, glänzend braunen funkelnden Augen und ihr leicht fülliges, breitwangiges Gesicht gaben ihr etwas Sympathisches und fast Mütterliches. Sie fragte, wobei sie Illona freundlich zunickte:
„Und – habt ihr Lust, mit mir zum **mas'ópiye**, Trading Post, zu fahren? Mein Bastelfaden ist alle, auch brauche ich neue seed beads, also diese kleinen Perlen zum Sticken. Vielleicht wollt ihr ja auch dort irgendwas kaufen, und interessante Leute trifft man da in jedem Fall!"

Und ob wir wollten! Ein solcher Trading Post ist noch richtig aus der alten Wild-West-Zeit übrig geblieben, damals verkaufte man an einer solchen Handelsstation der Weißen deren Produkte wie Metallmesser und Glasperlen, die bei den Natives sehr beliebt waren, weil sie aus Materialien bestanden, die sie selber nicht kannten, auch Wolldecken und landwirtschaftliche Geräte, Pelze und Wildbret wurden dort gehandelt. Vieles von diesem Sortiment konnte man auch heute noch dort erwerben, nunmehr aber hauptsächlich Bastelmaterialen aus Naturstoffen für das örtliche Kunsthandwerk oder auch Souvenirs für die gelegentlich hereinschauenden Touristen.
Fr. Blue Bird lud uns einfach in ihren rostigen Pickup, und mit röhrendem Motor ging's los, in den Nachbarort, ein paar Meilen entfernt. Dort wurden wir herzlich begrüßt – Blue Bird war ja dort Stammkundin! In dem Laden umfing uns zudem ein faszinierender Duft aus Heilkräutern, frisch gegerbtem Leder und Trockenbeeren.
Wir bestaunten dort traditionell bemalte Büffelschädel –
„Wofür braucht man die denn?", fragte Illona.
„Für Zeremonien", antwortete ich wie selbstverständlich, wieder halfen mir halb okkulte Erinnerungen. Außer den Bisonschädeln gab es weiche, glänzende Pelze von Waschbären, Mardern und Skunks. Zaghaft fuhr Illona mit den Fingern über das flauschige, seidige Fell.
„Oooh, die Armen! Und warum stinken die Skunkfelle eigentlich nicht?", fragte sie.

„Weil sie gereinigt sind und die Stinkdrüsen ohnehin am Körper zurückbleiben", entgegnete ich wieder.
Andächtig schaute Illona sich das herrliche Perlensortiment an: „Ach ja, wenn ich im Nähkreis bin, brauche ich ja auch noch Perlen!"
Frau Blue Bird ergänzte: „Und mein Vorrat ist eh fast aufgebraucht! Deswegen bin ich ja hergekommen. Und ich brauch auch noch Kunstsehne, zum Nähen des Leders und zum Basteln von Traumfängern. Gibt's als Rollen vom laufenden Meter, fast so gut wie Natursehne, und noch reißfester ... Oh, und bunte Truthahnfedern haben die auch wieder, da nehm' ich auch gleich welche!", und sie nahm sich ein Päckchen grünschillernder, dunkel gestreifter Federn – „die kommen dann als Anhänger an die Traumfänger!", sagte sie.
Ich entdeckte Salbeibüschel und Süßgraszöpfe zum Weihräuchern und legte gleich welche zum Kauf auf den Tresen, und dort zeigte mir das nette Ehepaar, das den Trading Post betrieb, auch gleich andere interessante Dinge. „Was hältst du von diesen Bärenkrallen, **mató shaké**, brauchst du davon welche?", erkundigte sich Mr. Lone Wolf und grinste. Nachdenklich betrachtete ich die Bärenkrallen. Wieder stiegen Erinnerungen im mir auf – an meine Bärenjagd in meinem vorigen Leben. Eine Jagd also, die gar nicht in meiner gegenwärtigen, bisherigen Lebensspanne stattgefunden hatte ... Dies hier waren Schwarzbärkrallen, das sah man nicht nur am dunkleren Fellkranz an jeder Krallenwurzel, sondern allein schon an ihrer bescheideneren Länge. Sie waren hell, sichelförmig gekrümmt und für sich allein schon beeindruckend, doch neben den gewaltigen Sicheln von Grizzlys würden sie wie die Krallen von Bärenkindern wirken. „... nein, danke – ich glaube nicht", sagte ich unsicher. „Ich bin ja nicht auf dem Weg, ein Medizinmann zu werden – und die brauchen doch solche Krallen, nicht wahr?"
Lone Wolf lachte anerkennend. „Ja, genau! **Washté**, gut!" Er räusperte sich. „Ich wollte mal sehen, wie ernst du es mit dem Roten Pfad nimmst! Ein Medizinmann würde sich welche besorgen, ja, weil es hier in der Gegend gar keine Bären mehr gibt, die er selber erlegen könnte – alle wurden damals von den Weißen aus-

gerottet, besonders von den Siedlern, die durch die Bären ihre Nutztiere gefährdet sahen. Bären siehst du erst in den Gebirgen weiter im Westen, besonders natürlich im Yellowstone, da sind sie Gott sei Dank geschützt. Aber ansonsten werden sie noch gejagt, da in den Rockies … Na, und hier werden die Krallen außer von angehenden Medizinleuten, die noch keine in ihrem Medizinbeutel haben, hauptsächlich von Touristen gekauft – als kurioses Andenken …!" Er lachte wieder, diesmal ein wenig amüsiert über den Geschmack mancher Touristen, die unhinterfragt alles Mögliche kaufen, ohne den eigentlichen Sinn dahinter wirklich zu verstehen.

Ich nickte. „Naja, das ist ja schon was Besonderes als Mitbringsel! Aber wenn sie dann einfach irgendwo verstauben und nur so als Kuriosum hergezeigt weden, so ein bisserl zum Angeben – schau mal, was ich da habe – dann finde ich es auch schade. Kommen diese Leute damit überhaupt durch den Zoll? Ich denke, es gibt ein Internationales Artenschutz-Abkommen?"

„Mit diesen Schwarzbärkrallen denke ich, ja. Die werden ja hier gejagt, eben hauptsächlich zum Schutz von Weidetieren, aber auch wegen ihres Fells und von Weißen leider auch nur so als Sport – obwohl sie dann deren Fleisch sicher nicht mal essen würden!"

In Bärenfleisch können ja auch Trichinen drin sein, dachte ich, wie bei Wildschweinen. Ob die beim Kochen oder Räuchern abgetötet würden? Ich würde jedenfalls so oder so keine verwurmten Bärentatzen essen wollen, musste ich mir ehrlicherweise eingestehen.

Traditionelle Medizin aus Tierbestandteilen, dachte ich. Okay – solange die Tiere dafür nicht gequält oder ausgerottet werden …

Lone Wolf stupste weiter mit seinen kräftigen Fingern in seinem Sortiment herum.

„Aber mit Adlerfedern kämen sie nicht durch den Zoll – die dürfen nur wir Natives besitzen!", erklärte er stolz.

Na, wenigstens ein Privileg, das sie haben!, dachte ich.

***

Ein Schatten schien über unsere Beziehung zu fallen. Einige Vorboten, wie fernes Wetterleuchten, hatte es ja schon in unseren persönlichen Aussprachen über ihren Kummer und ihr Heimweh gegeben. Doch immer wieder wurden meine Sorgen um Illona von den alltäglichen Anforderungen überlagert und verdrängt, gingen meine Gedanken unter in den Anstrengungen der puren Alltagsbewältigung, in diesem harten und entbehrungsreichen Leben in der Prärie. Und dennoch ...
Mir fiel mit der Zeit auf, dass Illona immer einsilbiger wurde, je länger wir hier waren. Ihr ganzer anfänglicher Enthusiasmus schien verflogen – aber nicht, weil sie in ihrem Engagement erlahmt wäre, sondern weil sie sich trotz all der netten Kolleginnen zuweilen so einsam fühlte. Sie lebte erst wieder auf, als unsere feinfühlige Nachbarin, Frau Blue Bird, Illona nun wie versprochen in ihren Nähkreis einführte, wo sich nachmittags oder gegen Abend Frauen aus der näheren Umgebung zu traditionellen Näharbeiten von Lederkleidung und zur Perlenstickerei trafen. Dort saßen die Frauen dann gemütlich beisammen, schwatzten in ihrer ruhigen Lakota-Art (das Gespräch plätscherte sanft dahin wie ein Bächlein) und stellten fingerfertig Lederhemden und -kleider, Leggings und Mokassins her, dazu Ledertaschen und -Püppchen und vieles andere. Manchmal nähten sie auch die sagenhaften Patchwork-Decken, aber dazu trafen sie sich bei einer anderen Nachbarin, die eine Nähmaschine hatte. Dieser Frauenkreis verschaffte Illona zumindest vorübergehend etwas Ablenkung und ein Gefühl der Zugehörigkeit.

Eines Tages kam ich nach Überstunden im Büro („ganz wie daheim!", dachte ich, „der Amtsschimmel wiehert sogar in der Rez!"), müde und erschöpft nachhause zurück. Da bot sich mir ein überraschendes Bild. Illona stand mitten im Raum, so wie ich sie noch nie gesehen hatte. Mit einem kleinen Handspiegel (einen anderen hatten wir nicht) begutachtete sie sich. Gut, sie hatte hier in der Rez ihr Haar einfach wachsen lassen, doch das war es nicht, was sie in den Spiegel schauen ließ. Sie war ohnehin nicht eitel, sondern einfach von Natur aus hübsch. Doch heute bot sie einen ebenso ungewohnten wie bezaubernden Anblick: Sie trug

ein wunderschönes Lederkleid, im traditionellen Stil mit langen Fransen. Das helle, handschuhweiche Leder, mit der samtigen Innenseite nach außen gekehrt, umschmeichelte ihre zierliche Figur in fließenden Formen, die langen Lederfransen schwangen hin und her. Das Kleid war um den Halsausschnitt mit türkisblauen Perlen bestickt, die so klein wie Hirsekörnchen waren und völlig gleichmäßig auf dem Leder prangten, als seien sie dort nur aufgeklebt, nicht aufgenäht. Auch am Rockteil des Kleides baumelten einige von Perlen zusammengefasste feiner Lederstreifchen wie kleine Quasten. Die unteren Fransen reichten ihr bis an die Knöchel.
Sie drehte sich zu mir herum und lächelte mich an. „Wow!“, entfuhr es mir – mehr fiel mir einfach dazu nicht ein. Ich war sprachlos – und begeistert. Langsam näherte ich mich ihr, befühlte das samtweiche Leder, bestaunte die minuziöse Perlenarbeit. „Fantastisch!“, sagte ich.
„Das hab ich selbst gemacht!“, erklärte sie stolz. „Meine Lakota-Freundinnen haben mir erklärt, wie es geht! Du weißt doch, ich bin nach Feierabend im Nähkreis!
Sie erklärte mir bereitwillig, wie man solch ein Wunderwerk zustande brachte. Wieder stiegen uralte Bilder in mir auf: Lederverarbeitung war ja Frauensache, damals jedenfalls. Inzwischen gibt es auch Männer, die als Kulturwahrer diese Kunst beherrschen und weitergeben.
Eifrig erklärte mir Illona: „Schau, das Kleid besteht aus zwei großen Wapitihirsch-Fellen. Die Innenseite wird nach außen gewendet, damit es sich schön weich anfühlt – fass mal!“
Sacht strich ich über das flaumige und doch starke und elastische Wildleder. „Zudem saugt dann die glatte Außenseite, wenn sie nach innen gewendet ist, auch nicht so viel Feuchtigkeit auf, wenn man mal schwitzt …“, sagte ich versonnen. Es steckte sehr viel Erfahrung in der traditionellen Lederkleidung!
„Ja, das stimmt! Guck mal, für mich langen zwei enthaarte Felle: eins vorn, eins hinten. Wenn ich größer wäre, dann würde ich ein drittes Fell oben quer über die Schultern aufgenäht tragen, mit einem Halsausschnitt – aber so, mit zwei Fellen, ergibt das von der Form des Leders allein schon einen prima Halsausschnitt …“

„Und wo sind die Hirsch-Schwänze?“, erkundigte ich mich, „wo doch das Hinterteil nach oben genäht ist?“
„Oh, manchmal lassen die Leute sie dran, beim Lederverarbeiten, aber hier sind sie schon abgetrennt. Man kann sie sonst als dekorative Teile belassen, wenn man will. Und guck mal: Oben und an der Seite sind Nähte – das ist alles!“
„Wie habt ihr denn die Lederstücke angepasst?“, fragte ich, nun doch neugierig über die Kunstfertigkeit der Frauen als Schneiderinnen mit ganzen Lederstücken.
„Ganz einfach: Donna hat mir die Felle vorn und hinten an den Körper gehalten, und Mrs Blue Bird hat meine Körperform mit Stecknadeln abgesteckt. Dann hat sie oben über den Schultern alles, was da an Lederzipfeln absteht, zu einer geraden Linie abgeschnitten, und ich hab das vernäht. An den Seiten werden die Felle nur aneinandergelegt und übereinandergenäht – also mit einer anderen Nähweise. Und weißt du was? Wenn man dann daran geht, die überstehenden Seiten und auch die Ärmel auszufransen, dann werden die Fransen gleich doppelt so lang, wenn man beim Einschneiden ganz leicht am Leder zieht – das dehnt sich kolossal, sollte man gar nicht glauben!“ Glücklich strich sie sich über ihr sehr gelungenes Erstlingswerk.
„Und dann erst die tolle Stickerei!“, lobte ich die dicht gereihten hellblauen Perlchen, in die farbenprächtige gelbe und rote Rhomben, Kreuze und Dreiecke eingestickt waren. „Wie kriegt man denn nur all die Tausende winziger Perlen so sorgfältig und dicht aneinander?“
Ich dachte, man müsse bei dieser Feinarbeit schier wahnsinnig werden.
„Ach – es erfordert natürlich großes Geschick, aber es ist auch ein toller Trick dabei!“, kicherte Illona. „Denn natürlich werden all die winzigen Perlen nicht einzeln aufgestickt – dann würde man ja nie fertig! Es dauert auch so noch lange genug. Aber man fädelt sie in ganz kleinen Kettchen auf und näht diese dann dicht parallel auf. Das nennt man „lazy stitch“, aber man darf trotzdem nicht faul dabei sein, es erfordert auch so noch viel Fleiß! Wir haben tagelang gemeinsam genäht … ich brauchte sogar Wochen, weil ich ja tagsüber im Kindergarten arbeite!“

Und dann errötete sie aus einem netten Grund, den sie mir sogleich verriet: „Und schau mal, hier! Für dich habe ich auch was gemacht!“

Es waren ein paar handgenähte Mokassins, von Illona als Geschenk an mich! Wieder fielen mir Szenen aus meinem früheren Leben ein, und ergriffen küsste ich Illona: „Weißt du, dass Mokassins eine Liebesgabe für den Freund oder Ehemann sind?“

Wieder kicherte sie. „Ja, das haben mir meine Freundinnen vom Nähkreis auch gesagt! Deshalb hab ich sie dir ja gemacht! Deine Schuhgröße kenne ich ja. Für mich habe ich natürlich ebenfalls welche, auch Leggings für mein Kleid, die gehören nämlich auch dazu.“

Wir waren übrigens zum nächsten Powwow eingeladen, das hier ja **wacípi** genannt wurde. „Dort werde ich mein Lederkleid gleich einweihen können!“, erklärte sie stolz. „Leider hab ich's in der kurzen Zeit bis zum Tanzfest nicht mehr geschafft, dir auch 'ne volle Ausstattung als Tänzer anzufertigen – das erfordert sehr viel Zeit!“ Bedauernd sah sie mich an.

„Das macht nichts“, sagte ich. Ich war eh kein großer Tänzer. „Aber deine Mokassins werde ich in jedem Fall tragen!“

Ich war froh und der Initiative von Mrs Blue Bird von Herzen dankbar, dass sie Illona ein wenig von ihrer früheren heiter-unbeschwerten Art zurückgegeben hatte. Auch wenn ihr Frohsinn nie allzu lang anhielt, so bot der Freundeskreis der Frauen ihr doch immer wieder Gelegenheit, sich für eine Weile aus ihren trüben Gedanken loszureißen und wieder ein wenig Schwung und Kraft zu sammeln, einfach mal auf andere Gedanken zu kommen und sich über ihre Erfolge zu freuen, wie diese selbstgemachte Lederkleidung – die wirklich wunderschön war!

Und so kam es, dass ich beim großen Rundtanz in T-Shirt und Jeans mitmachte, neben mir die sagenhaft in eine Lakota-Lady verwandelte Illona, die für ihr Kleid allgemeine Anerkennung erntete. Sie hatte passenderweise sogar ihr Haar zu Zöpfen geflochten. Auch ich hatte mich zu diesem Anlass möglichst passend ausstaffiert. Zu den Jeans trug ich extra ein T-Shirt mit einem stammeseigenen Motiv-Druck: einem Adler, der ein Medizinrad in den Klauen trägt. Dazu natürlich die Mokassins, die Liebesgabe meiner Frau. So war auch ich festlich gekleidet!

***

Der Kontakt zu den Blue Birds weitete sich im Laufe der Zeit von ganz alleine aus. So nahmen sie uns gerne mit in die Schwitzhütte, die spirituelle Reinigung durch die **inípi**, an der wir ganz zwanglos teilnehmen konnten, auch wenn wir noch keine der Lakota-Gebete kannten, oder auch zu Freizeitaktivitäten wie das Reiten (worin wir noch keine große Übung hatten) und natürlich auch zu ihren Familienfeiern. Wir gehörten bald ganz dazu, wie selbstverständlich – und natürlich revanchierten wir uns auch, durch Einladungen unsererseits oder indem wir als kleine Nachbarschaftshilfe mal Eier, Mehl oder auch einen Kanister Benzin ausborgten, ohne sie je zurückzufordern. Mal erhielten wir im Gegenzug die gleiche Menge Mehl zurück, manchmal aber auch anderes, wie selbst eingekochtes Wildkirschenkompott, pfannenfrische Krapfen oder ein Stück Wildbret. Es war ein gegenseitiges Geben und Nehmen, ausgewogen und gerecht, ohne dass je darüber Buch geführt werden musste, einfach aus Solidarität und Gemeinschaftssinn.

***

„Hínhanni washté!"
„Äh, wie bitte?" Wir sprachen ganz gut Englisch, aber mit dem Lakota waren wir anfangs doch noch ein wenig überfordert. Zwar hatten wir ein kleines Lehrbüchlein mitgebracht, das einfache Sätze wortgenau erklärte, doch fanden wir in diesen ersten Tagen und Wochen der aufregenden, neuen Eindrücke kaum Zeit, darin etwas nachzuschlagen. Das wollten wir aber demnächst unbedingt noch nachholen!
„**Hínhanni washté** heißt ‚Good Morning'", erklärte uns Mr. Iron Cloud, der uns mit freundlicher Geste ins Gemeindehaus einlud. Das Gemeindehaus war ein moderner Steinbau, doch in traditioneller Rundbau-Weise, wie es auch der Grundriss eines

Tipis oder einer Schwitzhütte ist. Dort drin saßen dann die Gemeindemitglieder im heiligen Kreis, ohne Anfang und Ende, als Gleichberechtigte, und das Gebäude drumherum stellte zugleich das verkleinerte Abbild der Welt dar, mit ihrem runden Horizont ringsum: ein architektonisches Mandala. Auch hier zeigte sich also die Kontinuität der Tradition, auch unter geänderten Lebensumständen, angepasst an die Moderne. Traditionell war also nicht nur die Bemalung mit umlaufenden Pferdehufspur-Motiven und Bison-Spuren, sondern eben auch das ganze architektonische Konzept: Fast war es, als habe man eine Art Riesen-Tipi oder die wigwamartige Sweatlodge-Kuppel aus Stein nachempfunden. Die Form, die dabei herausgekommen war, erinnerte mich etwas an eine mongolische Jurte, die ich mal in einer Fernseh-Doku gesehen hatte. Ach ja, drüben in Asien haben die Steppenvölker ja auch Zelte … und von dort aus waren die Vorfahren der Natives ja wohl einst auch über die Beringstraße nach Amerika gekommen, als diese in der letzten Eiszeit vor etwa 12 – 14.000 Jahren als Landbrücke trocken lag – doch das war schon so lange her, in grauer Vorzeit, dass die Ureinwohner hier wirklich zu recht von sich sagen konnten, sie hätten schon immer hier gelebt, seien gemäß ihren Mythen eng mit der Erde ihrer Heimat, Turtle Island, verwoben.

Drinnen im Rundbau war es angenehm kühl, und einer der Anwesenden brachte ungefragt Mineralwasser-Flaschen und verteilte sie an die Besucher: eine Wohltat bei dieser Hitze, von fast 35°C im Schatten, und das schon am Vormittag.
Zunächst waren wir vorläufig in einer Hütte von Bekannten, einigen Kontaktleuten der Hilfsorganisation, untergekommen – nunmehr sollten wir unsere eigene Wohnung beziehen, die inzwischen frei geworden war, weil die Familie dort nach Sioux Falls zog, wie wir hörten. Mit den Blue Birds würden wir natürlich in Verbindung bleiben, zudem sei es gar nicht weit von unserem derzeitigen Wohnort entfernt.
„Wo werden wir denn wohnen?“, erkundigte sich Illona tapfer. Sie hatte sich schon darauf eingestellt, in einem der nicht isolierten, schimmligen Trailer zu hausen – keinesfalls wollte sie es bes-

ser haben als die anderen hier, sondern deren Schicksal hautnah teilen. Bisher waren wir ja provisorisch bei Bekannten von Rose untergebracht worden, die in einer Art Blockhütte wohnten.
„Zunächst in einem der Trailer, doch dann zieht ihr mit einigen anderen Familien in eins der modernen Öko-Häuser, sobald deren Innen-Installation fertig gestellt ist. Leider fehlen derzeit noch letzte Details, denn wir warten noch auf weitere Spendengelder, um alles fertigstellen zu können, obwohl unsere Leute schon die meiste Zeit unentgeltlich und ehrenamtlich auf der Baustelle schuften – doch das nötige Material kostet eben, um auch die sanitären Anlagen und all das einbauen zu können …!"
Illona freute sich: So würde sie wenigstens eine Zeitlang mal selber auskosten können, was es hieß, in einem dieser Trailer mit Sperrholz-Platten als Wänden zu leben … Und sie wusste: Auch in den neuen Häusern würde als Wasser oft nur sandige Brühe aus dem Hahn kommen – sofern denn die Brunnen nicht überhaupt austrockneten.
Ich bot an, nach Feierabend auf der Baustelle mitzuhelfen, doch konnte derzeit eben leider nicht viel unternommen werden, ehe nicht die nötigen Teile für die Installationen geliefert worden wären. Dennoch nahm man mein Angebot mit freundlichem Nicken an, und ich sagte zu, sobald die Teile da wären, mit Hand an die Arbeit zu legen. Mr. Iron Cloud bekräftigte seine Zustimmung zu meinem Vorschlag nochmals durch beifälliges Nicken. Hier machte man nicht viele Worte.
So viel also zur Unterkunft. Und im Winter würde es noch ein weiteres, lebensbedrohliches Problem geben: die Versorgung – oder eben mangelnde Versorgung – mit Propangas zum Heizen. Bei eisigen Temperaturen konnte ein ausreichender Vorrat von **wakán wígli**, Propan, überlebenswichtig sein – doch die Firmen liefern mit ihren Lastwagen erst ab einer Mindestabnahme von 100 Dollar – „sonst fahren die erst gar nicht bis hierher in die Pampa!", hatte Rose uns erklärt. „Aber so viel Geld können hiesige Bewohner in der Rez oft gar nicht aufbringen, trotz dem bissel sozialer Unterstützung – und so kommt es immer wieder vor, dass im strengen langen Winter hier Leute in ihren ungeheizten Trailern erfrieren, besonders Senioren oder Kinder!"

Betreten hörten wir ihren Ausführungen zu. Na, das waren ja rosige Aussichten. Wir waren nach wie vor bereit, den Alltag der Menschen hier ohne Wenn und Aber zu teilen – doch wir würden besonnen vorgehen und gut planen müssen, damit dies auch gelang.

***

Die zahlreichen kleinen Projekte, welche die Stammesgemeinschaft voranbringen sollten, brachten uns immer wieder ein wenig Ablenkung von unseren eigenen Sorgen. Und selbst der kleinste Erfolg war ein Ansporn zum Weitermachen, zum Durchhalten.
Frau Blue Bird erzählte Illona: „Wir haben ein Projekt vor, mit den Jugendlichen gemeinsam vor unserem Schulgebäude ein begehbares Medizinrad, ein **cankú gleshká**, aus bunten Steinen zu legen, um uns dort zu treffen, den runden und den kreuzförmigen Weg abzuschreiten, bis zum Mittelpunkt, und dabei über die Probleme der Jugendlichen zu diskutieren, von Pubertät bis Zukunftsängsten. Das war ein Vorschlag der Stammesältesten, um so die Reservats-Jugend in die Traditionen einzubinden und ihnen dennoch die Möglichkeit zu geben, auch ihre Probleme aus dem modernen, heutigen Leben zu thematisieren, sich mal mit den Jugendbetreuern darüber auszusprechen, einzeln oder in Gruppen …"
„Klingt echt toll!"
„Ist es auch – ich finde überhaupt, Probleme löst man besser an frischer Luft als in einem muffigen Büro! Raus ins Freie, in die Natur, am besten gleich zu einem Medicine Walk! Daher wollen wir auf dem Rasen diese meditativen Wege anlegen. Denn so ein Medizinrad ist ja eine Art Mandala – das hilft den Jugendlichen sicherlich, ihren eigenen Weg zu finden!"
Sie nickte nachdrücklich und ergänzte: „Ihre innere Balance, ihren persönlichen Mittelpunkt! Wie sagen doch die Ältesten immer so schön: ‚Walk in balance! **Wówahwalaya máni pe!**'"

***

Insgeheim wartete ich darauf, hier in der Prärie oder vielleicht eher drüben in den Black Hills, die vom Westrand des Reservats aus noch in Sichtweite waren (und ja damals einmal zum feierlich verbürgten Reservatsland gehörten, ehe dort Gold gefunden wurde!), meinen ersten Adler zu sehen. Sicher würde doch der Wolken-Adler mich nicht hergerufen haben, ohne mir seine gefiederten Verwandten zu präsentieren?
Inzwischen hatte ich gelernt, dass alles eine Einheit bildete, alle Erscheinungen der Natur, und auch Menschen und Tiere und Pflanzen, einfach alle Mitgeschöpfe, wie sie von den Lakota ehrerbietig gegrüßt wurden, mit der Gebetsformel: „Alle meine Verwandten in der Schöpfung! **Mitákuye oyás'in!**"

So wartete ich voller Spannung auf meine erste Begegnung mit einem echten Adler. Als sie dann stattfand, war es für mich ebenso überraschend wie ernüchternd. Zunächst einmal war es kein Weißkopfseeadler, aber das machte ja nichts: Der hiesige einheitlich goldbraune Goldadler war ja ebenso schön, er ist das amerikanische Gegenstück zum Steinadler in den Alpen. Sodann war auch nicht ich derjenige, der ihn entdeckte, sondern Illona – was mich für sie freute. Denn sie rief ganz begeistert aus: „Da drüben – schau mal, der große braune Vogel da – ist das nicht ein Adler?"
Ich hielt den alten Ford an und schaute in die Richtung, die sie mir zeigte. In der Tat, in einiger Entfernung, da auf einer großen alten Goldkiefer, vor dem Ausläufer der namengebenden Höhenzüge, nach denen die Pine Ridge Indian Reservation benannt ist, saß ein Adler. Er wirkte allerdings nicht gerade sonderlich majestätisch, sondern hockte ganz einfach da, wie ein riesiges, braunes Huhn. So also sah meine erste Begegnung mit dem spirituellen Vogel aus: Weder hatte ich ihn zuerst gesehen, noch schwebte er mit segnend ausgebreiteten Schwingen über uns. Er saß ganz einfach da, in der Mittagshitze, und ignorierte uns in unserem Wagen, da wir ja auf der Straße blieben und ihm nicht zu nahe kamen.
In dem Moment hielt ein weißer Dodge in einer Staubwolke neben uns an. Aus dem heruntergekurbelten Wagenfenster hing, grinsend und mit roter Baseball-Kappe, der Fahrer heraus und

deutete mit sonnengebräuntem Arm erst winkend zu uns, dann mit dem Kopf – respektvoll etwas am Ziel vorbei – in Richtung auf den Adler. Der Fahrer war ein Lakota mit langem, schwarzem Haar und spiegelnder Sonnenbrille.
„Ihr habt Glück, ihr zwei!", sagte er freundlich, „seht ihr den **Wanblí** da, den Adler? Der wird euch Glück bringen!" Dann tippte er einmal kurz zum Gruß an den Schirm seiner Mütze, auf der das Emblem der Oglala Lakota Nation aufgestickt war, der Kreis aus acht weißen Tipis, und fuhr wieder weiter.
Wir sahen uns verblüfft an. „Na schön!", meinte Illona erfreut. „Warum nicht? Etwas Glück kann man immer brauchen!"

***

So allmählich gelang es uns auch, unseren Alltag zu organisieren, als Selbstversorger unseren Haushalt zu führen.
„Einkaufen könnt ihr bei Pinky's!", empfahl uns Rose. „Da gibt's alles, was ihr für den ersten Schreck so braucht, von Brot und Obst bis Zahnpasta und Waschpulver."
Nun gut, so fuhren wir denn zum reservatseigenen Einkaufsladen, um uns für unsere neue Wohnung einzudecken.
Schwungvoll kurvte ich auf den sandigen Parkplatz des Ladens, da bei Manderson. (Die Lakota nennen den Ort übrigens „Oyúhpe", was auf den traditionellen Warenabladeplatz eines gleichnamigen Oglala-Clans hinweist, weil sie die Namen der weißen Kolonisatoren aus begreiflichen Gründen ablehnen.)
Wir stiegen aus und betraten eine Art Tante-Emma-Laden, jedenfalls für amerikanische Verhältnisse. Der Laden war hell und freundlich, gut geführt, und es herrschte eine entspannte Atmosphäre – nicht so hektisch wie in den großen Städten.
Obwohl der Laden mitten in der Pampa lag – „in the middle of nowhere", hatte Rose gescherzt – war er gut besucht, denn ebenso wie die Tankstelle von Pine Ridge Village diente er zugleich auch als Reservats-Treff, wo man den neuesten Klatsch und Tratsch austauschte. Viel mehr Treffpunkte als die paar Läden, Tankstellen und ein oder zwei Fast Food Restaurants gab's ja auch nicht.

Sofort wurden wir von der freundlichen Kassiererin, die gerade ein Schwätzchen mit ein paar Kunden aus der Nachbarschaft hielt, die es absolut nicht eilig hatten (warum auch?), in die Lakota-Gesellschaft eingeführt. „**Ho mitákuyepi** – hello my relatives!“, grüßte sie leutselig und für Lakota-Verhältnisse gar nicht so reserviert und zugeknöpft, wie man uns die Leute hier oft geschildert hatte. Auch ihre Kunden nickten uns freundlich zu und musterten uns taktvoll-unauffällig, nicht mit unverhohlener Neugier, und sogleich wurden wir ihnen von Mary, der netten Kassiererin, vorgestellt. „Das hier ist Ramona mit ihrer Enkelin, und das da ihre Cousine ...“

Bald schwirrte uns der Kopf vor lauter Yellow Horse, Iron Cloud oder Horn Cloud, White Feather und Black Bear, und wir grüßten freundlich zurück nach allen Seiten. Die Lakota lächelten verhalten, musterten uns aber durchaus wohlwollend. Natürlich hatten sie alle schon längst von unserer Ankunft gehört, selbst im entlegensten Winkel des Reservats, und wussten, dass wir keine verirrten Touristen auf der Durchreise waren.
Vor allem kauften wir ganze Gallonen voll Mineralwasser, bei der brutalen Sommerhitze von über 100° Fahrenheit – das sind 40° C! – hier überlebenswichtig. Dennoch wussten wir, dass unsere Vorräte nicht lange ausreichen würden. Illona holte noch Melonen und Bananen, und ich entdeckte abgepackte Fertig-Burger. Nicht so mein Ding, aber mir knurrte der Magen. Kritisch beäugte ich die Packung.
„Wenn ihr getrocknetes Büffelfleisch wollt – das gibt's beim Mountain Man in Scenic!“, meinte die Kassiererin, halb hilfsbereit, halb frotzelnd.
„Na gut, da können wir ja dann auch mal hinfahren – danke für den Tipp! Fürs Erste nehm' ich halt mal die hier ...“ Und ich legte eine Packung Burger auf das Kassenband.
„Wir haben sogar 'ne Mikrowelle, wo ihr euch das Zeug gleich aufwärmen könnt!“, meinte Mary versöhnlich.
„Really? Hey, danke – das ist gut!“
Dankbar sah ich ihr zu, wie sie die Burger aus der Packung nahm und in der kleinen Mikrowelle verschwinden ließ. Das Gerät be-

gann zu summen, und wir warteten, bis es klingelte und das Burger-Menü fertig war.
Inzwischen hatten wir auch gezahlt, und mit dem Burger, in eine Serviette eingewickelt, und unseren Plastiktüten voller Einkäufe verließen wir den Laden.
„Hier ist's doch echt nett", sagte Illona zufrieden. „Alle sind so freundlich zu uns. Da können wir gern wiederkommen zum Einkaufen! Auch wenn's halt nur die typischen Standard-Produkte gibt, nichts Regionales aus eigener Herstellung …"
Ich nickte.
Wir traten aus dem kühlen, schattigen Laden hinaus in die weiße, heiße Mittagshitze. Ich wickelte gerade meinen dampfenden Burger aus der Serviette und wollte hineinbeißen.
Draußen im Staub saß inzwischen ein alter Mann. Er saß direkt neben dem Eingang am Boden, und ich erinnerte mich dunkel, ihn zuvor schon in der Nähe des Ladens auf dem Parkplatz herumlungern gesehen zu haben. Der Mann war zerlumpt, seine verblichene Kleidung von undefinierbarer Farbe, Hemd und Hose zerschlissen. Er selbst war so ausgemergelt wie eine vertrocknete Eidechse, wie man sie manchmal überfahren auf der Straße fand, und er bettelte nicht direkt. Er sagte nur, in wunderbarer Direktheit und ohne Umschweife: „Wisst ihr, ich hab' Hunger."
Entsetzt blickten wir ihn an, und Illona unterdrückte einen kleinen Aufschrei. Sie starrte auf seine schrumpligen, mageren Handgelenke, und ich folgte ihrem Blick. Meine Hände, die den Burger umklammert hielten, blieben vor meinem offenen Mund in der Luft schweben. Mir stockte der Atem.
Beide Handgelenke des alten Mannes hatten lange, weiße Narben. Direkt über den Pulsadern. Er hatte also mal versucht, sich die Pulsadern aufzuschlitzen, um seinem Leben in Staub und Elend ein Ende zu setzen. Irgendjemand hatte ihn gerettet, und so saß er nun hier.
Wir starrten auf seine schlangenartigen Narben, wir konnten nicht anders.
„Ich hab' kein Geld", erklärte der alte Mann verbittert. „Aber ihr habt welches, ihr habt hier eingekauft. Könnt ihr mir 'ne Kleinig-

keit abgeben?“ Es klang nicht bittend, nicht schmeichelnd, eher so, als koste es ihn die größte Überwindung, zu fragen.
Spontan reichte ich ihm meinen frisch aufgewärmten Burger, ich hatte ihn ja noch gar nicht angebissen.
„Danke“, sagte der Mann und nahm ihn ohne Hast entgegen.
Kommentarlos stellte Illona noch eine Flasche Mineralwasser dazu, dann verluden wir unsere Einkäufe im Auto und fuhren davon. Wir fühlten uns irgendwie beschämt, weil wir mehr hatten als er – oder er so viel weniger als wir. Hier spürten wir mit voller Wucht die globale Ungerechtigkeit: ein Stück Dritte Welt mitten in der Ersten Welt.
Der Mann nickte uns zum Gruß nach. Er begann erst, zu essen, als er sich von uns unbeobachtet fühlte, wie ich beim Blick in den Rückspiegel feststellte, als wir davonfuhren.
Mir knurrte weiterhin der Magen – doch der Appetit war mir vergangen.

***

So gab es vieles, was uns bewegte und uns von unseren eigenen täglichen Sorgen und Kümmernissen ablenkte. Manchmal so sehr, dass wir uns kaum noch um unsere eigenen Befindlichkeiten kümmerten. Oft war das gut, zuweilen aber führte es auch zu einer Vernachlässigung der eigenen Angelegenheiten, wie ich überrascht und bekümmert bald in eigener Sache feststellen sollte.
Wie gesagt: Wie überall auf der Welt, so gab es in der Rez auch jede Menge Klatsch und Tratsch. In einer Reservation, in der sich auf etwa 11.000 km^2 nur etwa 30.000 Einwohner verstreuten, ist es wie in einem riesigen Dorf, wo jeder jeden kennt. Und das bei einer so dünnen Besiedelung, vergleichshalber fast, als gäbe es in ganz Schleswig-Holstein nur so viele Einwohner wie in einer Kleinstadt.
Natürlich wurde also auch dort brühwarm geklatscht, und da alle mit ihren alten, klapprigen Pickups mobil waren, so wurde jede Neuigkeit alsbald von einem Ort zum anderen getragen und machte wie ein Lauffeuer die Runde.

Was wir dort alles mitbekamen, interessierte uns oft gar nicht, und doch war es unausweichlich, davon zu hören, sei es an der Tankstelle, im kleinen Kaufladen oder im Trading Post. Und diese Privatangelegenheiten beschäftigten einen dann unwillkürlich ... ob man wollte oder nicht. So hörte ich zum Beispiel eines Tages, während ich gerade für Illona Obst, Sandwiches und Erdnusspaste einkaufen ging, im Dorfladen (meilenweit ja der einzige im Umkreis) das angeregte Gespräch zweier Nachbarinnen aus unserer Siedlung mit.

„Hast du schon gehört, was mit Häuptling Circling Hawk los ist?"

„Was ist denn mit dem? Der hatte doch Zoff mit seiner Frau, hab ich gehört – hatte die sich nicht von ihm getrennt?"

„Ja, das wollte sie – sie wohnten sogar schon getrennt, und er hatte wenig später eine andere Frau kennen gelernt, ein sehr nettes Mädchen mit Familie in einer anderen Rez, doch dann hat seine bisherige Frau davon Wind bekommen und ist auf einmal wieder zu ihm zurück – große Versöhnung und so ...!"

„Na und? Wenn sie ihn erst mal verlässt und sich scheiden lassen will, dann geht es sie doch gar nichts mehr an, wenn er sich einer anderen zuwendet, oder?"

„Ja, nicht wahr, das finde ich auch. Doch denk dir nur, was dann passiert ist: Seine bisherige Frau hat dann doch nicht die Scheidung eingereicht, entgegen ihren Ankündigungen, oder hat ihren Scheidungsantrag auf einmal wieder zurückgezogen, was weiß ich. Jedenfalls war ihr plötzlich eingefallen, dass ja ihre gemeinsamen Kinder dann eine Stiefmutter bekommen könnten, und das passte ihr nicht, offiziell ..."

„Und inoffiziell? Da war sie wohl ganz einfach eifersüchtig, dass er ihr nicht lang nachtrauerte – und wie schnell sie aus dem Rennen war, oder?"

„Ja, und dazu noch für eine Jüngere! Jedenfalls kam sie mit dem großen Versöhnungsangebot, und Circling Hawk sah sich plötzlich in einer scheußlichen Zwickmühle, denn er hatte sich schon halb mit dem anderen Mädchen verlobt ..."

„Oh! Na, und wie ging's dann weiter?"

„Es soll eine sehr schwere Zeit für die Frau in spe gewesen sein –

für ihn übrigens auch. Sie hätten sich dann nochmals getroffen, stets von der Aussicht bedroht, dass seine Noch-Frau plötzlich aufkreuzt, und hätten sich über die missliche Lage ausgesprochen. Circling Hawk war danach monatelang nicht für seine Freunde ansprechbar, und das Mädchen hat man überhaupt nicht mehr gesehen."

„Tja ... schon traurig!"

„Ja, sie hatten sogar schon über eine geplante Hochzeit gesprochen, und auf einmal gingen dann all ihre Pläne in die Brüche, weil die vorige Frau sozusagen in ihre Träume reinplatzt und reumütig wieder bei ihm eingezogen ist ... um die gemeinsame Familie zu retten, wie sie sagt – hätte ihr ja auch ein bissel früher einfallen können, dies Argument, nicht wahr? So wirkt es doch nur noch nachgeschoben ...!"

„Und er ist dennoch darauf eingegangen."

„Ja! Er hat sich der Familiendisziplin gebeugt. Er ist ja ein großer Familienmensch und sehr treu eingestellt. Das betrifft nun aber auch dieses Mädchen. Eine Freundin soll sie kurz nach ihrer Aussprache gesehen haben, in Tränen aufgelöst, und auch ein Cousin von Circling Hawk hat erzählt, dieser habe an dem Tag verdächtig feuchte Augen gehabt und sei noch wortkarger gewesen als sonst. Er ist seitdem auch nicht mehr der Alte, lacht kaum noch und ist völlig introvertiert geworden."

„Gar nicht seine Art!"

„Wahrhaftig, nein! Er war bekannt für seinen Humor."

„Und seine Frau? Die hat nun sicher ihren Triumph genossen?"

„Das ist schwer zu sagen. Sie wohnt wieder bei ihm, ja, aber man sieht sie kaum zusammen, außer bei offiziellen Anlässen – sie leben offenbar stillschweigend nebeneinander her ..."

„Dann hat sie also doch nicht so sehr gesiegt, wie sie glaubte!"

„Ja, muss für alle Beteiligten sehr schwer sein ..."

„Und das Mädchen?"

„Naja, Mädchen – sie hatte ja auch bereits Familie, da in Crow Creek. Aber sie wäre schon jung genug gewesen, nochmal anzufangen, nachdem ihre erste Ehe gescheitert war – du kennst das ja, wie's hier so oft zugeht, häusliche Gewalt und so ... da war sie halt abgehauen!"

„Kann man verstehen. Und jetzt?“
„Jetzt? Alle ihre Freundinnen und Angehörigen haben ihr geraten, nach vorne zu schauen und sich ‘nen anderen Typen zu angeln – jung genug wär‘ sie weiß Gott ja noch…!“
„Aber?“
„Aber sie will nicht. Sie hat geschworen, sie heiratet nie wieder einen anderen. Circling Hawk schmerzt es, wie ernst sie es mit ihrem Versprechen immer noch meint – obwohl es ja nun keine Aussicht hat, jetzt, da er zurückgerudert ist –“
„– in den Hafen seiner bisherigen Ehe ...“
„Ja, genau. Sie trägt jetzt einen Ring und weist alle anderen Verehrer ab, die sie hat …“
„Tragisch! Das ist ja fast wie in einem Billig-Roman!“
„So kitschig?“
„Nein, so traurig!“
„Ja, auch ihre Angehörigen sind entsetzt, dass sie nicht einfach einen Schlussstrich zieht und sagt, Schwamm drüber. Aber du weißt ja: Nach unserer Lakota-Tradition sollte man an einmal gegebenen Versprechen auch festhalten, eben Wort halten – und sie tut es, obwohl es jetzt ja praktisch keinen Sinn mehr macht … “
„Natürlich ist das jetzt dann Tagesgespräch! Aha, jetzt verstehe ich auch, wieso am College derzeit das Schauspiel ‚Romeo und Julia‘ durchgenommen wird. Die Kids sollen es aufführen. Ich weiß das, weil meine dort zur Schule gehen. Die ganze Zeit hab ich mich gefragt, wieso wir hier ausgerechnet so was auf dem Lehrplan haben, das passt doch gar nicht in unsere Welt, mit diesen altmodischen europäischen Klassikern!“
„Ja, genau, die Kids hier haben doch praktisch gar keinen Bezug dazu, Europa ist für sie ja eh nur jenes reiche, fremde Land jenseits des Ozeans, wo bestenfalls manche ihrer Väter mal als Soldaten stationiert waren.“
„Genau. Aber jetzt nehmen sie eben das Liebesdrama von diesem Shakespeare durch. Ist vielleicht ja auch mal ganz gut, zu sehen, dass die Menschen weltweit letztlich irgendwie gleich sind. Ich weiß, die Klassenlehrerin ist eine Freundin von diesem Mädchen … sicher fand die das Theaterstück ganz romantisch mit den aktuellen Parallelen …“

„Ja, für uns Außenstehende mag es romantisch wirken. Aber ich möchte nicht in der Haut von Circling Hawk oder seiner allein gebliebenen Freundin stecken!“
„Ich auch nicht!“

***

Unsere Nachbarschaft war sehr nett, doch auch hier gab es allgegenwärtige Probleme, wegen der Armut, der Arbeitslosigkeit, der Perspektivlosigkeit, des Alkoholismus – und wenn nicht direkt bei unseren Nachbarn, dann bei deren Angehörigen im Umkreis. Die Großfamilien, die **tiyóshpaye**'s, sind ja sehr weitläufig. Und es waren oft auch erschütternde Dinge, die sich da ereigneten. Oft unterhielten wir uns abends daheim darüber. Meist war es Illona, die zuerst damit rausrückte, was sie da irgendwo aufgeschnappt hatte und was sie beschäftigte:
„Hast du das mitgekriegt? Bei den Nachbarn unserer Nachbarn hat's 'nen schweren Autounfall gegeben … soll Alkohol mit im Spiel gewesen sein.“
„Tja, hört man ja immer wieder, leider. Aber der eine Lehrer da am College, ich meine, er hieß White Bull oder so, hat 'ne Initiative dagegen gegründet, so 'ne Kampagne, um Schulkinder für das Thema Alkoholmissbrauch zu sensibilisieren. Zusammen mit seinem Kollegen, ich glaube, Mr Jumping Eagle. So hoffen sie, dass wenigstens die nächste Generation besser gewappnet sein wird …“
„Warum hat eigentlich Sylvie gestern geweint? Sie rannte ja hinter den Trailer, um nicht gesehen zu werden?!“
„Ja, hast du's noch nicht gehört? Wegen ihrer Freundin Beverly. Das junge Mädchen hat ohne Vorwarnung Selbstmord begangen – gerade mal 17 Jahre alt!“
„Wie schrecklich!“ Betroffen schauten wir vor uns hin. Was bewog einen jungen Menschen dazu, in einem Alter Schluss zu machen, wo das Leben erst so richtig anfing …?
Dabei sah man es den Jugendlichen meist gar nicht an, was sich da in ihnen zusammenbraute. Sie reagierten Erwachsenen gegenüber eh meist verschlossen, blieben in ihren Jugend-Cliquen

unter sich. Erst bei genauerer Beobachtung der Jugendlichen hier konnte man den Frust sehen. Einmal sagte Illona traurig:
„Wenn sie wüssten, wie viel sie trotz ihrer Armut noch haben: Fast alle haben ja Pferde, Hunde, Katzen – eine Selbstverständlichkeit, doch nicht für die von ihnen so bewunderten Großstadt-Kids, wo ja Tierhaltung oft verboten oder gar nicht möglich ist! Wenn man ihnen nur irgendwie mitteilen könnte, was sie trotz allem noch haben! Lauter Dinge und Tiere, die für sie selbstverständlich waren und die ihnen durch die aggressive TV-Werbung mit ihren Einflüsterungen auch noch madig gemacht wurden! Wie sehr würden Stadtkinder sie um ihre Pferde beneiden, wo sie selber sich nicht einmal eine Reitkarte im Verein leisten können – und von einem eigenen Pferd nur träumen!“
Hier hingegen hatten fast alle Pferde, durch die stammeseigenen Herden – doch das war kein Reichtum, es waren allesamt stockmagere Pferde, von Dürre und kargem Futter geprägt. Und da auf dem Lande Pferde zum Alltag gehörten, waren sie auch nichts Ungewöhnliches. Man liebte sie, aber man war zusammen arm: die Menschen und die Pferde. Man teilte dasselbe harte Leben. Niemand kam auf den Gedanken, in Pferden etwas Besonderes oder gar Unerschwingliches zu sehen, eben weil sie so alltäglich waren.
Doch uns war klar – man konnte nicht einfach sagen: ‚Nun seid doch zufrieden!‘, denn was nutzten selbst die schönsten Mustangs auf der Weide, wenn einem kein Job, keine Zukunftsperspektive winkte …?

Ich beobachtete einen kleinen Nachbarsjungen, vielleicht acht oder zehn Jahre, der auf einem alten, klapprigen Fahrrad herumkurvte. Er fuhr wagemutig immer denselben steilen Hang hinunter, dann im Kreise, wobei er sein Vorderrad oftmals hochzog, so als sei sein Drahtesel ein sich aufbäumendes Rodeopferd, und dann holperte er wieder hangaufwärts, um sich erneut auf atemberaubende Talfahrt zu begeben. Wenn man nicht so genau hinsah, dann wirkte er glücklich. Wenn man ihn genauer kannte, und seine Familie dazu, dann wusste man, dass er verhaltensauffällig war, von irgendeinem Trauma, über das er nie sprach.

Er sprach überhaupt fast nie, sondern kaute nur pausenlos Kaugummi. So als würde er seine Probleme, die er für sich behielt, ständig wiederkäuen. Er gehörte zu den unzugänglichsten Kindern der ganzen Nachbarschaft. Was mochte in ihm vorgehen? Wovon träumte er, was waren seine Ängste? Er wirkte mager und ein wenig verwahrlost. Manchmal hatte ich den Verdacht, er gehöre zu den Kindern, die heimlich Klebstoff schnüffeln, um sich zu berauschen. Doch da ich ihn nie bei einer derartigen Aktivität erwischte, konnte ich auch nichts unternehmen, um ihm irgendwie zu helfen.

Auch die Jugendlichen, die auf ihrem Quad durchs Reservat donnerten, taten dies aus purer Langeweile – nach ein paarmal wurde auch das langweilig, und was sollte die Reservatsjugend hier sonst noch unternehmen? Jeden Tag reiten oder Quad fahren, das ist wie jeden Tag Torte, dachte ich: Zuerst ist es großartig, dann langweilig, und schließlich eintönig, zum Schluss kotzt dich alles an – dann kann dir das tollste Pferd oder Quad nicht mehr helfen, wenn du aufgrund der deprimierenden Lebensumstände in die Lethargie absackst. Viele Familien konnten ihre Stromrechnungen nicht bezahlen, ihre Propangas-Rechnungen, es gab keine Arbeit, keine Zukunft, keine Hoffnung.
Ja, wenn sie mal die Möglichkeit hätten, vorübergehend aus der Rez herauszukommen und zu vergleichen!, dachte ich. Wenn sie dann wiederkämen und wertschätzen könnten, was sie hier bei aller Armut noch haben: treue Hunde, schnelle Pferde, verschmuste Kätzchen – dann würden sie all das vermutlich mit anderen Augen sehen und würdigen. Doch für eine solche Studienfahrt hinaus aus der Rez bräuchten sie Geld – und Jobs außerhalb des Reservats gab's fast nur beim Militär … Und ganz aus dem Reservat fortzuziehen, würde für sie ohnehin nur Entwurzelung, Desorientierung und soziale Marginalisierung bedeuten – die Familien, die das in früheren Jahrzehnten getan hatten, waren mehrheitlich dem sozialen Untergang geweiht gewesen, sie schlugen sich nun zumeist irgendwie als Big City Indians durch, mit mal mehr, mal weniger Erfolg. Insofern war das Reservat schon noch eine wichtige Schutzzone, trotz all der offenkundigen

Nachteile des oft eintönigen und zuweilen trostlosen Reservatsalltags. Die Rez war und blieb ein wichtiges Rückzugsgebiet, in dem noch die Traditionen überleben konnten – solange die Familien eben nicht zerbrachen.
Ich träumte von einer Art Jugendaustausch, einer internationalen Begegnung und gegenseitigen Besuchen und beschloss, mit Illona gelegentlich mal darüber zu sprechen.

***

Je länger wir hier wohnten, desto mehr kriegten wir also von den Problemen hier mit. Manche waren allgegenwärtig, andere subtil. So langsam verstanden wir, warum in den wilden Zeiten der symbolischen Besetzung von Wounded Knee und der frühen Aktionen des AIM, des American Indian Movement, in den 1970er Jahren, so viele Bürgerrechtler ungeduldig geworden waren: Es änderte sich ja nichts an der Abhängigkeit, am System. Zwar gab es reservatseigene Institutionen wie Schulen, Kindergärten und ein Krankenhaus, dazu die Stammespolizei und natürlich den Stammesrat, der vor allem die Gelder des ebenfalls reservatseigenen Casinos verwaltete, des „New Buffalo", der Gelder abwarf für den Unterhalt der Altersheime und Kindergärten – doch die Alltagsprobleme wurden und werden nicht geringer, es war, als würde sich das Schicksal dieses Volkes nie mehr so recht zum Besseren wenden oder eben nur quälend langsam …
Und dann die Sache mit den Filtern. Zunächst ahnte ich gar nicht, welche Tragweite die Sache mit den Wasserfiltern auch für uns noch haben sollte.

Es begann alles, scheinbar ganz harmlos, mit einem Defekt in unserer Dusche. Aus der Dusche floss zwar spärliches Wasser, aber es floss. Dass es manchmal leicht schlammig war, daran hatten wir uns schon gewöhnt. Zum Kochen verwendeten wir ohnehin lieber nur Mineralwasser ohne Kohlensäure, denn selbst dem abgekochten Wasser aus der Leitung trauten wir nicht. Wegen der schlammigen Rückstände. Oder vielleicht sogar Keime wie Legionellen. Und überhaupt wurde ja über die schlechte Wasserquali-

tät so manches gemunkelt. Das macht vorsichtig. Doch ansonsten waren wir ja schon hart im Nehmen.
Dennoch kamen wir auf die Idee, mal bei der Gemeinde nachzufragen, wie es denn mit der Qualität des Trinkwassers überhaupt bestellt sei. Denn auch wenn es nur Gerüchte waren, die da umgingen und manchmal ja auch aufgebauscht werden – nachgehen sollte man solchen Hinweisen allemal lieber.

Darum wandte ich mich an Mr. Two Bulls, der sich inzwischen schon zu so was wie unserem vertrauten Ansprechpartner entwickelt hatte, einer Art Reservats-Kummerkästchen, besonders für mich von Mann zu Mann, genauso wie Rose und Mrs. Blue Bird für Illona. Wir hatten ja bereits erstaunlich viele gute Freunde hier in der Rez, nach so kurzer Zeit. Das Einzige, was hier etwas anders lief, das war, dass Freundschaften eigentlich immer nur entweder zwischen Männern oder zwischen Frauen geschlossen wurden – etwas anderes konnte man sich hier offenbar traditionell nicht vorstellen. Doch was einen dann verband, war eine lebenslange Freundschaft, die durch nichts mehr in Frage gestellt werden konnte. So war es geradezu ein Ehrentitel, von Männern als „**kóla**, Freund" angesprochen oder von Frauen als „**mashké**, Freundin" tituliert zu werden.
Also wandte ich mich auch in der Wasserfrage an meinen **Kóla** Two Bulls. Ich besuchte ihn in seinem Büro, auch er arbeitete für die Stammesverwaltung. An der Bürotür stand „**OYATE OMNICIYE** – TRIBAL COUNCIL".
Er schaute sofort von seinem Computer auf, als ich klopfte und auf sein „**Timá hiyú wo!** – Come in!" hin eintrat. In knappen Worten brachte ich unser Anliegen vor. Er nickte.
„Tja, das Wasser hier taugt nichts – das wissen wir alle!", wetterte er und kniff die Augen zu ganz schmalen Schlitzen zusammen, so dass er plötzlich aussah wie ein lauernder Puma. „Wir glauben, das Wasser hier ist nicht nur dreckig und verschlammt, wir glauben, es macht uns krank. So ganz langsam und schleichend. Der weißen Regierung ist's ja egal, wenn sie hier irgendwo am Rande des Reservats nach Uran-Lagerstätten bohren – bei uns hier in der Rez haben sie keine Erlaubnis dazu erlangt – trotz

hoher Summen, mit denen sie uns gelockt haben! Aber jenseits davon, da bohren sie, und sie haben die Löcher der Probebohrungen offenbar nicht mal verschlossen! Ist denen doch egal! Denen gilt das Leben und die Gesundheit von uns Natives doch ebenso wenig wie das der Schwarzen. Noch zu viel Rassismus in den Köpfen! Sind ja nur 'n paar Rothäute, denken die, nicht schade drum!" Er lachte bitter. Dann fuhr er fort:
„Naja, und ich möcht' auch mal gern wissen, was da noch für giftige Altlasten im damaligen bombing range durchs Grundwasser hierher 'rübersickern! Die oberirdischen Minen haben die ja damals gesprengt, soweit sie die mit Detektoren noch gefunden haben. Aber was da alles noch für Giftzeugs im Boden steckt von ihren Waffentests – darüber werden die auch nichts bekanntgeben, Militärgeheimnis! Wir können leider auch kein Umweltgutachten in Auftrag geben – zu teuer! Für so was fehlt uns schlichtweg das Geld!"
Er seufzte. „Als einzigen Ausweg sehen wir, geeignete Wasserfilter in unsere Trinkwasseranlagen einzubauen. Doch auch das ist teuer. Da gibt's so'n Zeug, was sogar radioaktive Stoffe aus den Brunnen rausfiltern würde, aber auch das ist natürlich viel zu kostspielig, um es flächendeckend überall einzubauen. Zudem müssen die Filter dann ja auch turnusmäßig mal gereinigt oder ersetzt werden! Eine Hilfsorganisation will da demnächst was in die Wege leiten, wartet aber auch natürlich auf mehr Spendengelder!"
Wieder seufzte er, als wünschte er das ganze Geld und die Abhängigkeit davon zum Teufel.

Dann fuhr er fort: „Also wurde schon mal für'n Pilotprojekt so was bestellt, dies – wie hieß das noch gleich? Auf Lakota nennen wir das Zeug **cagú iwícakuje**, also eigentlich ‚Was-die-Lungen-krank-macht', weil man's nicht grad einatmen soll – aber für die Filter ist es unersetzlich! Wie lautet nochmal die offizielle Bezeichnung davon?"
Two Bulls wandte sich an seinen Kollegen, Mr Bad Wound, der kurz nach mir hereingekommen war. Der erinnerte sich an die genaue Bezeichnung: „Zeolith heißt's offiziell, aber davon werd'

ich auch nicht schlauer!" Er lachte. „Mir sagt das Wort gar nichts, weil ich diese gelehrten chemischen Begriffe eh nicht versteh, aber Hauptsache, man kriegt genau das, wenn man's im Geschäft bestellt!"
Ich hätte ihnen von meinem Chemieunterricht damals am Gymnasium her sagen können, dass sich die Fachbezeichnung vom Griechischen ableitete und „brausender Stein" bedeutet, weil das Material beim Erhitzen anfängt zu sieden – doch ich wollte mich nicht mit meinem Wissen aufspielen, hier an einem Ort, wo die wissenschaftliche Gelehrsamkeit zwar schön und gut war, aber eher von der praktischen Anwendung her. Die Leute hier waren so freundlich, keiner hatte je einen belehrenden Ton, da wollte ich auch nicht mit drögem Faktenwissen um mich werfen – hier waren viel mehr Ärmelaufkrempeln und Kooperation gefragt als staubiges Bücherwissen!
Mr Two Bulls nickte zufrieden. „**Líla washté**, sehr gut! Dein Gedächtnis ist besser als meins!" Mr Bad Wound lachte, und Mr Two Bulls fuhr fort: „Ja, genau, so heißt das Zeug, was in diesen Filtern drin ist, doch wie funktioniert das denn eigentlich? Warum langt da kein normaler Feinfilter?"
Wir recherchierten im Internet und machten uns schlau. Die beiden Männer versprachen, das Thema Trinkwasser noch mal bei der nächsten Versammlung des Stammesrates auf die Agenda zu setzen. „Alles nicht neu, aber da muss man dicke Bretter bohren!", brummte Two Bulls. Ich dankte den beiden und machte mich nachdenklich auf den Heimweg.
Daheim erklärte ich es Illona, doch selbst da ahnten wir noch nicht, wie sehr auch wir von der schlechten Nachricht betroffen waren. Da wir ja stets Mineralwasser zum Kochen verwendeten, fühlten wir uns relativ sicher. Doch mit Schrecken fiel uns ein, wie oft wir ja auch bei anderen eingeladen waren und bei ihnen Suppe und anderes aßen … und was mochte das verseuchte Wasser auf der Haut anrichten, bei der Körperpflege? Wäre es letztlich sogar gesünder, lieber staubig als verseucht herumzulaufen …? Bei all diesen Gedanken wurde es uns mulmig. Ich wiederholte für Illona, was uns die beiden netten Herren von der Stammesverwaltung erklärt und was wir im Internet recherchiert hatten:

„Es handelt sich um Zeolithe, das sind mikroporöse Moleküle, die quasi wie winzige Schwämme mit ihren Poren die Schadstoffe herausfiltern. Wie genau, da bin ich überfragt, ich bin ja kein Chemiker. Aber es sollen halt irgendwelche Aluminium- und Silizium-Verbindungen sein, die wohl im Nano-Bereich Schadstoffe an sich binden oder gegen irgendwelche andere Moleküle austauschen können. Adsorption oder so – wohl so ähnlich wie bei der Wasserenthärtung. Daher sind sie eben für die Dekontamination von Wasser geeignet. Mr Two Bulls hat irgendwas davon gesagt, sie seien besonders geeignet, um so was wie Caesium und Strontium und so weiter auszufiltern – also gerade hier sehr wichtig für die Trinkwasser-Aufbereitung, wo ja durch Uran und andere Radionuklide eine dauernde Strahlenbelastung im niedrigen Bereich gegeben ist, die man perfiderweise so im Alltag gar nicht merkt, die aber dennoch die Zellen schädigt und Krebs oder Schäden an Ungeborenen hervorrufen kann …"
Illona schüttelte sich bei dem bloßen Gedanken.

***

Schon am nächsten Tag wurde unsere Zuversicht in Sachen Trinkwasser auf die Probe gestellt. Wir waren bei Familie Two Bulls zum Essen eingeladen. Es gab selbst geschossenen Truthahn, als Braten, und davor eine Suppe aus den Kleinteilen und Innereien, mit Nudeln und Gemüse. Natürlich wagten wir es nicht, zu fragen, ob ihr Brunnenanschluss denn schon mit einem dieser neuartigen Filter ausgerüstet war. Überhaupt gibt es keinen größeren Affront unter Lakota, als den Gästen dargebotenes Essen abzulehnen, aus welchem Grund auch immer – einander mit Nahrungsmitteln auszuhelfen war schon seit Jahrtausenden geradezu eine Lebensversicherung. Es festigt auch den sozialen Zusammenhalt, wenn man sich gegenseitig bewirtet, klar, und so hatte ich hier eh schon gelernt, freundlich lächelnd sogar die von mir so verhassten eingelegten sauren Gurken zu essen, allein schon, um niemanden zu enttäuschen. Mit der Zeit mochte ich dann sogar saure Gurken … Durch den Zusammenhalt wächst auch das Wir-Gefühl. Gegenseitiges Geben verbindet eben.

Wir beobachteten fasziniert, wie auch hier wieder Essen für die Spirits vor das Haus gestellt wurde. Ich überlegte mir sogar im Stillen schon, ob ich diese Sitte nicht auch mit der Zeit übernehmen würde, und unterhielt mich kurz mit Illona auf Deutsch darüber. Normalerweise hatten wir uns angewöhnt, in Anwesenheit Dritter auch englisch oder sogar heroisch schon ein wenig Lakota zu sprechen, um niemanden auszugrenzen. Vor allem das Lakota entpuppte sich als Brückenschlag zu den Herzen der Leute. Doch wir hatten gerade die günstige Gelegenheit, uns auch mal in unserer eigenen Muttersprache auszutauschen, da die anderen gerade alle in ein anderes Thema vertieft waren.
Ich fragte Illona, was sie von den Essensgaben für die Geister hielt. Sie zuckte die Achseln, lachte mich aber nicht aus.
„Wegen der Spirits – bildet man sich da nicht einfach was ein ...?", meinte sie zweifelnd. „Ich meine – ich respektier ja natürlich ihren Glauben, aber es sind aus meiner Sicht eben doch einfach ihre Mythen und spirituellen Vorstellungen – für mich als – hm, 'aufgeklärten Menschen', das klingt doof –, aber, sagen wir mal modern-rationalen Menschen, ist das alles doch eher reine Folklore ... wissenschaftlich irgendwie nicht haltbar ..."
„Die Wissenschaft weiß ja auch nicht alles", sagte ich nachdenklich. „Auch die Wissenschaft ist im Grunde ja ein Mythos, ein moderner Mythos eben! Irgendein Philosoph hat schon mal was über den Wissenschaftsmythos geschrieben. Wenn du mich fragst: nein, es geht gar nicht darum, sich möglichst viele Geistwesen vorzustellen oder gar einzubilden – die geistige Dimension ist ja irgendwie da, wie genau, weiß keiner, auch kein achso- rationaler- Wissenschaftler! Für mich stellt sich die Frage so gar nicht. Ich finde, wenn man es so macht wie die Natives: sich einfach draußen in die freie Natur zu setzen und dem Wind zu lauschen und in sich hineinzuhorchen – dann spürt man die Spirits von selber ..."
Illona lachte nicht. Sie sah mich fragend an: „Meinst du so was wie Meditation? Das kennen ja eigentlich alle Völker und Kulturen ..."
„Ja, die Meditation ist gewiss ein Weg dorthin, ins Innerste der Dinge. Aber wenn heutzutage sogar die modernen Physiker sa-

gen, im Atom stecke so etwas wie ein Geist drin, eine geistige Dimension …?! Ich hab da mal so einen Online-Artikel über Quantenphysik gelesen – hab ehrlich gesagt nicht alles verstanden, aber es klang sehr interessant! Du wirst sehen, eines Tages werden sich die wissenschaftliche und die intuitive Erkenntnis über die Welt noch begegnen …!"
„Du klingst ja wie der reinste Guru!" Sie lachte und gab mir heimlich – weil es sich ja hier in der Öffentlichkeit nicht gehörte – einen Kuss. In diesem Kuss steckte mehr Einverständnis mit meiner Einstellung als in langen Worten.

***

Die Sache mit dem Trinkwasser im Reservat war noch heikler, als ich zunächst dachte. Und sie hatte noch viel größere Dimensionen als geahnt, wie uns erst nach und nach klar wurde. Pine Ridge ist schwerpunktmäßig das Reservat der Oglala Lakota. Doch egal, in welche Reservation man schaute – überall drohten dieselben Probleme, neben Arbeitslosigkeit und Alkoholproblemen, Dürre im Sommer und strenger Frost im Winter. Und dazu eben die Sache mit dem ohnehin oft schon kontaminierten Trinkwasser.
Die Indianer-Reservationen waren, genauso wie Nationalparks und UNESCO-Weltkulturerbe-Stätten, trotz ihres Schutzstatus vor der Gier nach Rohstoffen seitens der Konzerne nicht sicher. Die Industrie hatte Hunger nach Rohstoffen, und ungenutzte Vorkommen an Bodenschätzen weckten Begehrlichkeiten.
Und so wurden die Reservationen und ihre Umgebung immer wieder von Plänen der Lobbyisten in der Politik bedroht, etwa um Erz- oder Uranvorkommen auszubeuten oder Öl-Pipelines direkt vor der Reservatsgrenze vorbeizuführen – wenn eine solche Pipeline ein Leck haben würde, dann würde diese Havarie gleich eine Ölpest bedeuten, die das Trinkwasser von Hunderttausenden oder gar Millionen Bürgern bedrohen würde – weshalb sich auch die Einwohner vorwiegend von Weißen bewohnter Städte erfolgreich gegen die Trassenführung an ihren Trinkwasser-Reservoirs vorbei wehrten – während die Proteste

der zahlenmäßig sehr viel geringeren indigenen Bevölkerung in der hohen Politik meist ungehört verhallten. Immerhin gab es immer mehr umweltbewusste Bürger, die sich mit ihnen solidarisierten.

Die Natives nannten so eine Ölpipeline „Black Snake“, eben weil sie das Trinkwasser zu vergiften drohte, und sie schlossen sich zu friedlichen Massenprotesten gegen die drohende Kontaminierung des Wassers, etwa des Missouri, zusammen, mit ihrer Kampagne „**Mni Wicóni** – Water is life“! Doch je nachdem, wer gerade an der Regierung in Washington war, so war es für die Natives mal mehr oder mal weniger schwer, sich mit der Sorge um die Umwelt und das Überleben künftiger Generationen auf der zunehmend verseuchten Erde Gehör zu verschaffen – doch einfach war es nie.

„Viele Weiße denken leider nach wie vor nur an sich! Sie selber wollen den Dreck nicht vor der Tür haben – aber uns muten sie so was zu, mit allen Folgen für die Umwelt!“, knurrte der Verwaltungsangestellte des Stammesrates, als wir uns darüber unterhielten. Ich nickte betreten. Zum wiederholten Mal fühlte ich so etwas wie Fremdscham: Die globale Ausbeutung des Planeten wurde ja vorwiegend von Weißen betrieben … Da sagte der Sekretär des Stammesrates zu mir: „Gott sei Dank tickst du anders – du und deine Frau, und es gibt ja auch immer mehr andere Weiße, denen die Umwelt wichtig ist!“ Begütigend klopfte er mir auf die Schultern. Ich nickte. „Ja – und eines Tages werden es alle merken, egal welcher Hautfarbe: Der Umweltschutz geht uns alle an!“, sagte ich voll Überzeugung. Ob radioaktive Verseuchung, Klimawandel oder Müll in den Gewässern – es betraf uns ja letztlich alle, früher oder später.

„Ihr seid schon okay“, brummte der Sekretär. „Wir sind ja froh, dass es unter euch Kaukasiern“ – die Natives nannten uns Europäer und europäische Einwanderer oft pauschal „Kaukasier“ – „auch solche Typen gibt, die den Respekt vor Großmutter Erde ernst nehmen – auch wenn ihr das anders nennen mögt!“

***

„Wir müssen mal wieder zum Tanken!“, stellte Illona mit einem besorgten Blick auf die Tankanzeige fest.
„Ja – hab ich auch schon gesehen! Hier in der Rez sind die Wege ja auch so weit!“ In Gedanken ergänzte ich: Und das trotz der damaligen, beklagenswerten Gebietsverluste! Da wird einem erst klar, wie viel Land die Lakota und andere Natives verloren haben, wenn dieser kümmerliche Rest immer noch so weitläufig ist. Einst waren ihnen, so ist im Internet und in Geschichtsbüchern nachzulesen, 1868 im Vertrag von Fort Laramie ja als Great Sioux Reservation etwa 240.000 km^2 zugesichert worden und dann wurde alles zerstückelt und ihnen nur noch ein mieser Bruchteil davon gelassen. Wenigstens überhaupt noch ein Fetzen eigenes Land, an den sich die Leute verzweifelt klammerten! So dachte ich und sagte: „Wir haben vor Tagen das letzte Mal getankt, wenn ich mich nicht irre. Es gibt ja auch nur wenige Tankstellen in der Pine Ridge Reservation, und dann diese Entfernungen – kein Wunder, dass wir hier jede Menge Benzin verpulvern! Gäbe es doch hier schon Elektro-Autos!“
„Die müssten dann aber auch 'ne Super-Reichweite haben!“
„Oder Wasserstoff-Autos!“
„Dazu würden dann aber hier die Tankstellen fehlen …!“
Wie man es auch drehte und wendete – diese Region hier war benachteiligt und würde es auch noch lange bleiben. Jede Veränderung zum Besseren war hier die reinste Sisyphos-Arbeit.
Da wir gerade in der Nähe von Pine Ridge Village waren, dem Hauptquartier der Stammesverwaltung des Oglala Sioux Tribe, O.S.T., fuhren wir dorthin, Richtung Süden. Es ist sozusagen die Hauptstadt des Reservats. Allerdings sollte man, wie überall im ländlichen South Dakota, etwas relativieren: „Hauptstadt“ meinte hier einen Dreieinhalb-Tausend-Seelen-Ort mit etwas Infrastruktur, eingerahmt von den Ödländereien ringsum. Gleich am Ortsrand begann die Wildnis, die offene Weite der Prärie. Wir fuhren also zum Tanken, wie immer, und ich stieg aus, wie immer – inzwischen war hier bereits vieles zur Routine geworden. Und doch war heute alles anders.
An der Tankstelle von Pine Ridge Village, **Wazí Blo Otúnwahe**, trieb sich eine Jugendgang herum. Die Jugendlichen taten nichts,

aber sie erweckten einen unheimlichen Eindruck, beobachteten alles genau, wer da kam und ging. Misstrauisch blickte ich aus den Augenwinkeln zu ihnen hinüber. Ach was, du siehst schon weiße Mäuse. Bisher ist doch auch noch nie was passiert. Was sollen die Jugendlichen hier in der Rez denn auch schon anderes machen als während der Sommerferien den ganzen Tag irgendwo abhängen?
Also ließ ich Illona beruhigt so lange im Wagen sitzen, wie so oft, und ging hinein, um zu zahlen. Drinnen kaufte ich gleich noch ein Päckchen Spearmint-Bonbons, sogar sugar-free. Ich war ganz süchtig danach. Gerade in dieser trockenen Gegend lutschte ich die gerne, weil das Minzöl so schön erfrischte, wenn man nicht genug zu trinken dabeihatte. Hier in der Rez war Minze deshalb bei allen sehr beliebt. Der Tankstellenbesitzer und ich unterhielten uns noch eine Weile. Dann verließ ich die Tankstelle und ging zu unserem Wagen.

Welch ein Schreck! Wo war Illona? Zwischenzeitlich zum öffentlichen WC gegangen konnte sie nicht sein, dann hätte sie an mir vorbeikommen müssen. Mir wurde heiß und kalt vor Entsetzen. In meiner Angst malte ich mir die grauenhaftesten Szenen aus: Sie konnte von der Jugendgang da draußen überfallen worden sein – wo waren die Typen eigentlich inzwischen abgeblieben? Weit weg konnten sie und vor allem Illona doch nicht sein – oder? Mir brach der kalte Schweiß aus, und ich hastete auf dem Parkplatz umher, auf der Suche nach Illona, die vielleicht ausgestiegen oder gar aus dem Wagen gezerrt worden war. Einige der Jugendlichen fand ich noch draußen, hinter dem Gebäude des Tankwarts herumlungernd – aber waren das alle? Ich hatte sie natürlich vorhin nicht gezählt. Ihre verschlossenen Gesichter gaben keine Regung preis. Ich wagte zunächst auch nicht, nach Illona zu rufen, um keine zusätzliche Aufmerksamkeit auf ihr rätselhaftes Verschwinden zu lenken. Entweder sah ich sie auf Anhieb oder … sie war wirklich verschwunden. Verstecke gab es hier jedenfalls keine, ringsum nur offenes Grasland und ein wenig niedriges Gestrüpp, zu klein, um dahinter zu verschwinden.
Von Illona weit und breit keine Spur. Ich rief. Keine Antwort.

Die bangen Sekunden kamen mir vor wie Stunden. Vor meinem geistigen Auge sah ich meine Illona schon in den Klauen von irgendeinem Drogensüchtigen, so einem abartigen, einsamen Typen, grob in sein Auto gestoßen, verschleppt und vergewaltigt. War sie von der Jugendgang angefallen worden? Doch diejenigen, die ich noch sah, wirkten oder taten ganz unbeteiligt. Und dann hätte man doch sicher auch irgendwas hören müssen, etwa Schreie oder die Geräusche eines Gerangels. Doch ich hatte nichts gehört, der Tankstellenbesitzer ja auch nicht. Die Situation war mir komplett schleierhaft.
Immer abstrusere Erklärungen kamen mir in den Sinn. Hatte Illona etwa die Zeit genutzt, um auf dem freien Feld hinter der Tankstelle nach den Blumen zu suchen, die ihr der Botaniker letztens gezeigt hatte? Wie lange war ich überhaupt in der Tankstelle gewesen? Doch da auf dem freien Feld hätte ich sie doch unbedingt sehen müssen.
Ich malte mir die unmöglichsten Horror-Szenarien aus, ohne es zu wollen, denn mein Gehirn arbeitete ebenso fieberhaft wie ratlos, während ich verkrampft versuchte, das Rätsel um ihr mysteriöses Verschwinden zu lösen. Meine Gedanken überschlugen sich, und die vermuteten Szenarien wurden immer unwahrscheinlicher, immer alptraumhafter.
War ich denn tatsächlich so lange beim Plaudern im Tankstellenshop geblieben? Vielleicht war sie inzwischen doch weit aufs Feld hinaus gegangen und in dieser Einöde von einem Rudel tollwütiger Coyoten angefallen oder gar von einem ausgehungerten Puma attackiert worden, der in seiner Verzweiflung sogar am helllichten Tag angriff … In den umliegenden Canyons sollte es noch vereinzelt Pumas geben … Ich blickte über die Prärie hinaus, konnte aber nichts Verdächtiges erkennen. Einer der Jugendlichen, der mich beobachtete, fing an, gehässig zu kichern. Also etwa doch …?

Ich fragte mich, was ich jetzt tun könnte. In die Fähigkeiten der lokalen Polizei setzte ich nicht allzu viel Vertrauen. Ich sah mich schon selbst die Fährte aufnehmen, doch wohin? Das würde alles sein, was ich da unternehmen könnte: Verzweifelt herumfragen,

telefonieren, ziel- und sinnlos im Auto herumfahren, um sie zu suchen. Ich wischte mir den kalten Schweiß von der Stirn.
Da kam der Tankstellen-Besitzer zu mir heraus. „Frau verschwunden?"
Ich nickte stumm.
„Abgehauen?", fragte er.
„Nein – nein – das würde sie nie tun –"
„Ah, ich glaube, ich hab's!", sagte der Tankwart. „Kennt Ihre Frau Mrs. Thin Elk? Ist sie schon näher mit ihr befreundet?"
„Ich weiß nicht – wieso?", fragte ich verblüfft. Der Name sagte mir in dem Moment des Schreckens gar nichts.
„Nun, wenn ich es richtig mitgekriegt habe, dann war das Ihre Frau, die da zu Mrs Thin Elk in den Wagen stieg – in diesen alten Dodge, der vorhin hier stand!"
„Aber – warum nur –?"
„Was weiß ich? Frauen!" Er lachte.
Doch zumindest hatte ich nun einen Anhaltspunkt. „Haben Sie – ich meine, kennen Sie die Familie Thin Elk? Haben Sie eventuell ihre Telefonnummer, oder können Sie mir die Adresse geben?"
„Die Nummer hab ich nicht, aber die Adresse weiß ich!"
Und er beschrieb mir einen frustrierend weiten Weg, mitten durch die Pampa und mit der Gefahr, irgendwo die falsche Abzweigung auf einen holprigen Feldweg zu erwischen, eine der berüchtigten gravel roads …
Dennoch dankte ich ihm und machte mich unverzüglich auf den Weg. In Gedanken hämmerte ich mir seine Wegbeschreibung ein und versuchte krampfhaft, mich an jedes Detail zu erinnern und mir daraus eine vage Landkarte zusammenzusetzen … Hier in dieser Wildnis half mir kein Navi, keine Wegbeschilderung weiter …

Nach einer schier endlosen Odyssee über steinige Feldwege und unter einer gnadenlos heiß brennenden Sonne erreichte ich tatsächlich das Anwesen der Familie Thin Elk. Es war einer der üblichen Trailer, mit einigen Schuppen als Nebengebäuden. Der Trailer war einmal rosafarben gewesen, doch jetzt völlig verblichen und glich fast der ockerhellen Erde ringsum. Ich hupte, stieg aus

in das gleißende, weiße Mittagslicht und betete zu Gott, hier Näheres – und hoffentlich Gutes! – über den Verbleib meiner Frau zu erfahren.
Zugleich zermarterte ich mir den Kopf, wer diese Frau Thin Elk überhaupt sein könnte. Ich konnte mir bestenfalls nur vorstellen, dass sie sich vom Nähkreis her kannten. Mit raschen Schritten hastete ich bange auf den Trailer zu.

Dort bewegte sich sogleich etwas hinter einer der kleinen, halbblinden Fensterscheiben, und schon stürzte Illona zu mir heraus und fiel mir um den Hals. Sie war ganz außer sich. Bestürzt und benommen umfing ich sie mit meinen Armen. Hastig berichtete sie mir, was vorgefallen war, und die Worte sprudelten nur so aus ihrem Mund.
Vor meinem geistigen Auge – die Lakota nennen es „**canté ishtá**, Auge des Herzens", auch für Visionen – setzten sich ihre Worte wieder zu der Schreckens-Szene zusammen, die sie erlebt hatte, und wie sie einen Rettungsengel in der Not fand:
„Du hast doch sicher diese Typen da vorhin an der Tankstelle gesehen? Diese Jugendlichen da? Es waren ja mindestens ein halbes Dutzend oder mehr, und ich hab erst gedacht, egal, die tun ja nichts, doch dann kamen sie heran und umringten unseren Wagen – du warst da schon im Tankstellenshop drinnen, zum Bezahlen – und fragten nach Geld. Ich wär doch eine von den reichen Weißen, da könnte ich ihnen doch was geben, sie hätten gar nichts. Wegen der Hitze hatte ich das Fenster runtergekurbelt, und ich fühlte mich wie in der Falle, als sie da alle um mich herumstanden. Ich sagte ihnen, ich hab kein Geld, und nun geht, und hoffte, sie würden verschwinden, aber das taten sie nicht. Sie redeten alle irgendwas durcheinander, und ich fühlte mich sehr unwohl, weil ich nicht wusste, was sie als Nächstes vorhatten. Ich hoffte, du würdest bald zurückkommen. Doch da du ja gefühlt 'ne ganze Weile fort warst, schwitzte ich schon Blut und Wasser. Da kam Mrs Thin Elk zum Tanken vorgefahren. Sie sah, wie die Jugendlichen unseren Wagen umringten und dass ich mich von ihnen belästigt fühlte. Da sie mir aufmunternd zunickte, wagte ich es, auszusteigen – ich wollte zu dir ins Tankstellengebäude

hineingehen und fragen, wieso du so lange dort bliebst. Doch Mrs Thin Elk winkte mich rasch zu sich, zu ihrem Wagen, auf den Beifahrersitz. ‚Einsteigen – schnell! Die Typen da haben es auf uns abgesehen!'
Statt zu tanken fuhren wir los. Mir war gar nicht wohl zumute, dich und unseren Wagen da zurückzulassen, doch zwei der Typen aus der Gang hatten sich auf alte Motorräder geschwungen und fuhren hinter uns her. Sie verfolgten uns regelrecht. Vielleicht hofften sie, uns würde das Benzin ausgehen, weil wir ja nicht getankt hatten, oder sie machten sich einfach nur einen Spaß daraus, uns einen Schrecken einzujagen – was weiß ich!
Doch gottlob gelang es Mrs Thin Elk, sie außerhalb der Ortschaft an einer Wegkreuzung abzuhängen, indem sie in eine schmale Abzweigung fuhr und durch eine tiefe Talmulde, in der ihr Auto nicht zu sehen war. Die beiden Motorradfahrer, die ein wenig später herankamen, brausten geradeaus weiter.
Gott sei dank hatten wir auch noch genug Benzin im Reservekanister, denn ihr war die Lust, jetzt nochmal zum Tanken zurückzufahren, vorerst vergangen. ‚Ich füll halt was aus dem Kanister ein', sagte sie.
‚Was wollten die Typen von uns?', fragte ich.
‚Das weiß man bei denen nicht so genau. Vermutlich haben sie sich nur einen bösen Scherz erlaubt. Sie haben gemerkt, dass du Angst hattest, und haben das wohl einfach ausgenutzt. Ich glaube kaum, dass sie dich ernsthaft zusammenschlagen und ausrauben wollten oder sonst was – mitten am Tag und direkt vor der Tankstelle – aber leider weiß man das halt nie!'" Erschöpft schloss Illona ihren Bericht.
Mir fiel die ganze Rocky-Mountains-Kette vom Herzen. „Mein Gott – hier bist du also!!! Endlich hab' ich dich gefunden! Warum hast du denn bloß nicht angerufen, wo du steckst?"
„Versuch das mal, wenn dein Akku alle ist! Und sie haben hier kein Telefon, die Leitung ist tot; vielleicht konnten sie die Rechnung nicht bezahlen oder was auch immer! Jedenfalls hat mich Chrystal vor den Typen hier und auch vor dem aufkommenden Gewittersturm gerettet, indem sie mich kurzerhand mit zu sich nach Hause nahm … ich kannte sie ja schon von unseren gemein-

samen Treffen bei Mrs. Blue Bird her. Natürlich werden wir uns irgendwie revanchieren, sicher gibt es irgendetwas, womit wir ihnen eine Freude machen oder ein wenig mithelfen können!"
Gewittersturm? Stimmt – den hinter uns aufkommenden Tornado hatte ich die ganze Zeit nur als eine Art bedrohliche Kulisse außer Acht gelassen, die zu meiner Stimmung passte, da ich mich ganz und gar auf die Suche nach Illona konzentriert hatte. Nun schaute ich entsetzt und beeindruckt auf die dunklen Wolken, die sich da am Horizont zusammenballten. „Da braut sich ja ganz schön was zusammen …!", murmelte ich.
In einer Mischung aus Erleichterung und verschluckten Vorwürfen umarmte ich Illona, sicher wirkte ich immer noch ganz aufgelöst, was gar nicht zu meinem sonst so ruhigen Wesen zu passen schien. Inzwischen kam auch Mrs. Thin Elk heraus, gefolgt von ihrem Mann, ihrem halbwüchsigen Sohn und ihrer kleinen Tochter. Sie nickten uns freundlich zu.
„Ich kann mir denken, welche Sorgen du um mich ausgestanden hast …", murmelte Illona. „Sei froh, dass es solch einen simplen Grund hatte, dass du nichts mehr von mir gehört hast! Wir hatten uns schon überlegt, wie wir dich so rasch wie möglich benachrichtigen könnten – Chrystal hatte bereits vorgeschlagen, nach dem Sturm zu ihrer Cousine hinüberzugehen und von deren Haus aus bei dir anzurufen. Oder gleich mich zu uns zu fahren …! "
„Ja – hier sind die Siedlungen aber auch so weit auseinander, und teils ohne jede Verbindung, dass man glatt denken könnte, du wärst mit 'nem Ufo auf 'nen anderen Stern entschwunden …!"
„Von Außerirdischen entführt …?", witzelte sie schwach. „Du hast zu viele Science-Fiction-Filme geschaut!"
„Nein – zu viele Horror-Schlagzeilen in den Nachrichten gesehen", murrte ich.
Dann gaben wir uns erleichtert einen ausgiebigen Kuss.
Die Lakota schauten taktvoll zur Seite; bei ihnen küsste man sich eben nicht in der Öffentlichkeit. Aber von den Weißen waren sie ja schon lange andere Sitten gewohnt.

***

Während wir bei der netten Familie Thin Elk den vorüberbrausenden Tornado abwarteten, unterhielten wir uns, um uns die Zeit des Wartens ein wenig angenehmer zu machen. Chrystal stellte uns ihren Mann vor, und er erzählte uns:
„Hier gibt's 'nen lokalen Reiterverein, der als soziale Projekte Exkursionen zu Pferde organisiert. So fand letztens gerade der Gedenkritt zum 140. Jahrestag der Schlacht am Little Big Horn statt. Du musst dir solche Ausritte nicht als angenehme Touristen-Touren vorstellen – es war mörderisch heiß dieser Tage, da in Montana. Hier übrigens auch. Und im Winter dann der Bigfoot Memorial Ride, zum Gedenken ans Wounded Knee Massaker im Dezember 1890, also in Kälte und Schnee!"
„Und warum unternehmen sie dann solche Strapazen?", wollten wir wissen. Wir hatten ja schon von diesen Mammut-Touren gehört.
„Nun, diese Gedenkritte sind sehr wichtig für die Geschichte von uns Oglala Lakota und unseren Brüdern und Schwestern, den Cheyenne in Montana. Indem wir diese Exkursionen zu historisch bedeutsamen Stätten machen – manche wie jetzt im Sommer, andere wie der Big-Foot Memorial Ride, datumsgemäß mitten im eisigen Winter –, versuchen wir, uns in das hineinzuversetzen, was unsere tapferen Vorfahren durchmachen mussten, an jenen Orten und zu jener Zeit, und so das Gedenken in unserem Stamm zu bewahren!"
„Ja – das klingt in der Tat gut ..."
„Für uns ist das sehr wichtig. Wenn man am eigenen Leib dort schwitzt oder friert und vor dem inneren Auge jene Schlachten und Massaker sieht, nimmt man ganz persönlich Anteil und bewahrt das im Herzen. So ein Gedenkritt ist für uns wichtiger als tausend Worte!"
Ich nickte.
„Und jetzt, als Nächstes, bereiten wir den Sobriety Ride vor. Unser letztes Meeting fand gerade vor zwei Tagen statt. Dieser Ritt zur Alkohol- und Drogen-Prävention und zum Schutz unserer Jugend findet immer in der Woche vor dem Oglala Nation Powwow statt, also Anfang August. Es wird wieder ein dreitägiger Ritt, wo wir unsere Jugend, die unsere Zukunft ist, für die

Alkoholproblematik sensibilisieren wollen. Sie dürfen nicht der Werbung, der Perspektivlosigkeit und den Depressionen zum Opfer fallen. Es ist fast wie eine Seuche hier in der Rez – wie viele Jugendliche versacken im Alkoholismus oder bringen sich um – oft ohne Vorwarnung!"
Er wirkte jetzt wie unter einem Wolkenschatten. Dann straffte er sich:
„Dagegen müssen wir unsere Jugend wappnen! Wir müssen sie stark machen, ihnen ihr Selbstbewusstsein zurückgeben, das sie und ihre Familien verloren haben, als der Stolz unseres Volkes durch die damaligen Soldaten und Siedler gebrochen wurde … Wir werden wieder stark sein, wir waren ein stolzes, aufrechtes Volk und werden es immer bleiben. Laut einer Prophezeiung wird die siebte Generation nach Wounded Knee wieder ihr Haupt heben! Es ist langsam so weit: Wir werden uns wieder aus dem Staub erheben! Und dafür organisieren wir diesen Ritt!"

***

Als der Tornado sich legte, bedankten wir uns aufrichtig bei unseren Rettern und versprachen, in Kontakt zu bleiben. Aus Dankbarkeit schenkten wir spontan, als provisorisches, symbolisches „**pilámayaye!** – Dankeschön!" den Thin Elks die Hälfte unseres Getränkevorrats aus unserem Auto, einen 6-Pack Orangensaft, obwohl sie vor lauter Bescheidenheit zunächst gar nichts von uns annehmen wollten; es sei doch gar nicht nötig. Doch wir wussten, hier draußen im Nirgendwo war jede Flasche Getränk kostbar, und Geld hätten sie sowieso nicht angenommen. Ich überlegte mir auch schon, wie wir uns beim nächsten Frauentreffen im Nähkreis ganz unaufdringlich revanchieren könnte: Ein besonders schönes, frisch gegerbtes Hirschleder aus dem Trading Post Laden wollte ich ihr schenken – und dazu eine Rolle Sehnenfaden. Das wäre ein hübsches Geschenk, denn gutes Leder wurde hier sehr wertgeschätzt und war entsprechend kostbar.
Wieder daheim in unserer Siedlung, versuchten wir, nach diesem aufregenden Ereignis möglichst rasch wieder in die Normalität zurückzufinden. Wir hörten Nachrichten, um einzuschätzen, wie

schwer denn dieser Tornado eigentlich gewesen war, der da über uns hinweggefegt war. Im Radio kam etwas über eine Schießerei im benachbarten County, über einen Amoklauf in einem anderen Bundesstaat – aber nichts über unseren Gewittersturm. So was schien hier also an der Tagesordnung. Lediglich der Wetterbericht warnte vor Gewitterneigung und zeigte mehrere thunderheads in unserem Gebiet an. Gottlob hatte es wohl auch keine größeren Schäden gegeben.

Ich schaltete das Radio aus und legte eine CD mit Lakota-Flötenmusik ein, zur Entspannung. Bald zogen die klagenden, vibrierenden Klänge aus der Zedernholz-Flöte durch den Raum. Auf der CD war die Flöte auch abgebildet: Sie hatte einen geschnitzten Vogelkopf, dem die Töne entwichen, denn die Vögel, wie das balzende Präriehuhn und der trommelnde Specht, galten als Erfinder der Flöte. Alles hat bei den Lakota einen Bezug zur Natur. Ich erklärte es Illona.

„Und warum hab ich dann neulich im Trading-Post-Laden 'ne Flöte mit Hirschkopf gesehen?", fragte sie verblüfft. „Ein Hirsch ist doch kein Singvogel!"

Doch auch darauf wusste ich eine Antwort: „Nein, aber der Hirsch röhrt zur Brunftzeit im Herbst. Eine solche Flöte soll verliebt machen ..."

Sie lachte. „Na gut, dann brauchst du wenigstens wegen mir nicht noch Flöte spielen lernen ... aber ich hätte durchaus Lust dazu ... Komisch, dass auch Flöte-Spielen hier wohl eher Männersache zu sein scheint ... Naja, vielleicht wird sich das ja im Laufe der Zeit auch ändern, warum nicht? Die schönen Traditionen kann man ja auch ohne solche Unterschiede pflegen ..."

Ich nickte und bestätigte ihre Ansicht: „Ja, kann man! Es gibt ja sogar auch schon erste Gruppen von Powwow-Trommlerinnen, hab ich gehört – das war ja vorher auch reine Männersache – die Frauen haben dazu dann halt gesungen."

Am nächsten Tag gingen Illona und ich zu einem Vortrag im Gemeindehaus, wo eine Hilfsorganisation ihr Programm vorstellte, um gegen die Missstände hier in der Rez anzukämpfen und Hilfe zur Selbsthilfe zu leisten. Es war eine sehr engagierte Deutsche aus Bayern, blond, braungebrannt wie eine Native-Frau, und aus

ihrem sonnengebräunten Gesicht leuchteten ihre blauen Augen besonders hell hervor. Sie hieß Christel und hatte eine PowerPoint-Präsentation vorbereitet, die sie dann leidenschaftlich kommentierte. Da neben den Freiwilligen aus Europa auch viele Natives anwesend waren, sprach sie natürlich englisch. Sie konnte sich in fließendem Englisch und sogar ein wenig auf Lakota ausdrücken, denn sie streute immer wieder mal ein paar Wörter davon ein, als Brückenschlag:
„Also, liebe Leute – ihr wisst ja in groben Zügen, wie die Situation hier im Reservat ist. Da brauchen wir gar nicht groß drumrum zu reden, da gibt's auch nichts zu beschönigen. Doch wenn wir uns von den bedrückenden Statistiken unterkriegen lassen, dann können wir gleich die Hände in den Schoß legen. Wir wollen aber die Dinge tatkräftig anpacken, und zwar gemeinsam und auf Augenhöhe.

Wir haben keine fertigen Patentrezepte, klar, und wir werden uns auch nicht anmaßen, hier die Besserwissis zu sein. Wir werden vielmehr zuhören und bei Bedarf bei ganz konkreten Projekten mit anpacken. Die Projektvorschläge kommen direkt von der lokalen Bevölkerung, von der Verwaltung des Stammesrates, von hiesigen Sozialarbeiter-Teams. Dort wollen wir mitmachen.
Zu den Fakten: 85% Arbeitslosigkeit und 60% Diabetes – das sind schon niederschmetternde Zahlen. Dazu die Fälle häuslicher Gewalt. Früher haben Lakota-Männer für die Frauen traditionell Respekt gezeigt; heute häufen sich die Fälle, wo manche von ihnen im Suff ihre Frauen verprügeln. Der Alkoholismus, **mniwákan ikújapi**, ist eines der Hauptprobleme hier. Dazu dann die Autounfälle unter Alkoholeinfluss. Die Großfamilie – das heiligste Band in der Lakota-Gesellschaft – hat bisher immer wieder verstanden, zerbrochene Familien aufzufangen, Frauen und Kindern anderswo Unterschlupf zu bieten, wenn die Eltern im Straßengraben in den Tod gefahren sind oder der Vater abgehauen ist. Doch auch die Großmütter, die sich traditionell um die Enkel kümmern, auch in intakten Familien, sind heutzutage oft überlastet, und zwar immer öfter auch aus schweren gesundheitlichen Problemen heraus – darauf komme ich gleich noch zu

sprechen. Denn hier in der Rez tickt aus ökologischer Sicht eine Zeitbombe! Daher ist das internationale Engagement für die lokale Bevölkerung auch so wichtig – der Stammesrat mit seinen Einnahmen aus dem Casino und ein bisschen Pferde- und Bisonzucht und Tourismus können diese Investitionen, die hier nötig sind, auch in Bildung und Gesundheitswesen, nicht alleine stemmen. Denn die Dimensionen dieses Problems sind gewaltig.

Daher ist es besonders wichtig und wertvoll, dass wir ein internationales Networking betreiben, seit der Gründung unseres Vereins Ende der Neunziger-Jahre! Wie ihr ja wisst, haben sich schon viele berühmte Schauspieler und Sänger engagiert, sie fungieren als Werbe- und Sympathieträger für unser Anliegen, auch bei Bevölkerungskreisen, die wir sonst nicht erreichen würden, weil sie sich nicht für benachteiligte indigene Völker am Rande der Gesellschaft interessieren oder schlichtweg nichts von ihnen wissen – weil sie ja in den Medien meist auch keine Schlagzeilen machen. Dabei gibt es ein natürliches Menschenrecht auf Selbstverwirklichung, soziale Teilhabe, eine gesunde Ernährung und eine nicht verseuchte Umwelt – und damit sind wir schon mitten beim zweiten Kernthema!
Unsere Arbeitsweise, um unsere Ziele zu verwirklichen und einer Verbesserung der Lebenslage vor Ort Stück für Stück näherzukommen, basiert auf dem traditionellen indigenen Konzept der Großfamilien, der **tiyóshpaye**. Dort hat man sich schon von jeher gegenseitig ausgeholfen, als soziales Netzwerk. Heute bauen wir es aus, auch zum Zwecke der Selbstversorgung und der Beschaffung von Arbeitsplätzen.

Wir haben gemeinsam mit unseren Lakota-Freunden bereits zahlreiche Selbsthilfe-Programme auf die Beine gestellt, stets in enger Absprache, was eigentlich konkret gewünscht und gebraucht wird, und angesichts der gegebenen Möglichkeiten – so lassen sich hier ja nur dürre-resistente, traditionelle Pflanzen erfolgreich anbauen –, und stets bedacht auf Nachhaltigkeit. Das ist hier noch am leichtesten zu verwirklichen, denn traditionell denken und handeln Natives ja ohnehin ganzheitlich-ökologisch – so

kennen sie gar kein Wort für ‚Unkraut', nur für ‚Kraut', und –"
Ein paar der Lakota-Zuhörer brachen in fröhliches Gelächter aus. Christel sah verwirrt von ihrem Laptop auf. Dann lachte auch sie. „Okay, you guys! Natürlich: Ich hab ‚weed' gesagt, aber natürlich nicht ‚Marihuana' gemeint!" Sie nahm die Frotzelei der Lakota überhaupt nicht übel – es gehörte ja zu ihrem typischen Humor, über alles lachen zu können, und Christel wusste zudem ganz genau, dass sie nicht über die Hilfsprojekte lachten. Wenn sie diese abgelehnt hätten, etwa weil sie den Eindruck einer weiteren Bevormundung durch die Weißen gehabt hätten, dann wären sie erst gar nicht zur heutigen Besprechung gekommen. Aber die Hilfsprojekte lebten ja von der gemeinsamen Absprache, von der Kooperation ohne jede Macht-Hierarchie.

So fuhr denn Christel ganz entspannt fort: „Wo war ich stehen -geblieben? Ach ja: Also, es gibt gar kein Wort für Unkraut, weil jedes Kraut sein Lebensrecht in der Schöpfung hat und von den Lakota geschätzt wird, und darum wollen sie auch gar nichts von Pestiziden wissen! ‚Unkrautvernichtungsmittel' heißt auf Lakota ja auch …" Und während sie noch überlegte, sprang einer der Männer, die eben noch so lustig gelacht hatten, hilfreich ein: „'**Pejí ikté**'. Und das bedeutet, wie du ganz richtig gesagt hast, denn auch ‚Kraut-Killer' und nicht ‚Unkraut-Killer' – denn solch ein respektloses Wort gegenüber den Pflanzen-Leuten, ja der ganzen Pflanzen-Nation, gibt es nur auf Englisch!"
„… und in anderen europäischen Sprachen!", ergänzte ich leise.
Der Lakota wandte sich mir zu und nickte. „Okay. Gleiche Mentalität. Jedenfalls nicht auf Lakota, und ich bin sicher, auch in keiner anderen indigenen Sprache unserer roten Brüder und Schwestern!"
„Ja, da bin ich auch sicher!", nickte ich. Christel fuhr unbeirrt fort: „Also, unsere Projektplanung ist ausgerichtet nach den Wünschen der Leute hier, nach den gegebenen Möglichkeiten und natürlich nach den Prinzipien der Nachhaltigkeit! Zunächst hatten wir uns um den Aufbau eines eigenen Wirtschaftsverbundes hier im Reservat gekümmert – was man aber eben mal so schnell dahersagt, war in echt ein gutes Stück Arbeit! Doch unser schwer-

punktmäßiges Ziel, nämlich die horrende Arbeitslosenrate von 85% langfristig zu reduzieren, erforderte solche Maßnahmen.
Ein weiteres Ziel, das wir jetzt glücklich abschließen konnten, war der Bau eines Öko-Dorfes, unter Verwendung regionaler Naturmaterialien, und mit einer geeigneten Infrastruktur, die sowohl Wohnhäuser als auch Werkstätten und weitere gewerbliche und gemeinnützige Einrichtungen umfasst, dazu auch eine Gartenanlage mit Gewächshaus für den Anbau wichtiger traditioneller Pflanzen zur Selbstversorgung, und das Ganze ausgestattet und betrieben mit einer Wind- und Solarenergie-Farm. Alles Maßnahmen, für die wir glücklicherweise tatkräftige Unterstützung etlicher alteingesessener Familien erhalten konnten.
Es handelt sich um Niedrigenergiehaus- Modelle, durch Spenden finanziert und in Zusammenarbeit mit Experten gemeinsam mit Lakota-Gruppen verwirklicht. Die Hauskonstruktionen dienten zugleich als Lehrprogramme in Sachen Ökohäuser und als bezahlbare Musterhäuser für Low Energy Housing. Das Projekt wurde bereits 2001 gestartet und kann erfolgreich weitergeführt werden – auch als Modellcharakter für andere Orte und Reservationen!
Thema **canhánpi wókuje** – Zuckerkrankheit! Die Bekämpfung von Diabetes, vor allem Jugend-Diabetes, hatte ich ja schon kurz angesprochen. Es liegt am billigen Fast Food, das sich die arme Bevölkerung hier oft als einziges leisten kann, und auch daran, dass die Leute hier vom Stoffwechsel her weniger gut mit Fett und Zucker zurechtkommen – ihr Stoffwechsel ist etwas anders als unserer, so ähnlich wie bei den Japanern. Wir haben da einige Aufklärungsprogramme im Bereich der Ernährungsberatung am Laufen, vor allem in Kooperation mit Schulen und Kindergärten sowie deren Kantinen. Auch bauen wir Topinambur an, wie heißt die hier noch mal?“
„**Pangí**“, warf einer der Anwesenden hilfrsbereit ein.
„Ach ja, genau. Also, das ist eine hiesige Pflanze, die natürliches Inulin produziert –“, sie sah auf, „nicht zu verwechseln mit dem Hormon der Bauchspeicheldrüse Insulin –, und welche die Blutzuckerwerte senken kann. Diese sonnenblumenartigen Gewächse bilden kartoffelartige Knollen – doch leider haben wir durch

jahrelange Dürre da einige schwere Rückschläge zu verkraften gehabt!"
Sie seufzte, die Lakota nickten. Sie erinnerten sich nur zu gut daran, wie vor einigen Jahren die ganze Saat vertrocknet war und wieder als Dünger fürs nächste Jahr untergepflügt werden musste …
„Nun, die Diabetesrate von 60% dürfte weltweit ein trauriger Rekord sein. Dazu kommt aber in den letzten Jahren noch eine auffallend hohe Rate von Nierenschäden und Nierenversagen sowie Krebserkrankungen, die eindeutig nicht auf dieses Konto eines ungesunden Ernährungsstils gehen – die angestiegene Krebsrate neben einem auffällig erhöhten Anstieg der Tot-, Miss- und Fehlgeburten wird auf eine Kontaminierung der Umwelt als Hauptverursacher zurückgeführt. Hier in der Nähe sind ja natürliche Uranvorkommen – da, wo es Gold gibt, wie in den nahen Black Hills, ist bekanntlich auch das Uran nicht fern – beide kommen ja zusammen aus den geologischen Prozessen in der Erdtiefe. Leider wurden offizielle Probebohrungen zur Erkundung von Uranlagerstätten nicht einmal wieder versiegelt, so dass aus den Bohrlöchern ungehindert und schleichend Radionuklide austreten und das Trinkwasser verseuchen!"
In ihrer Stimme schwang jetzt starke Empörung mit.
Ja, genau, über dieses Problem hatte ich mich ja schon mit Mr. Two Bulls und seinem Kollegen unterhalten. Er hatte uns zwar versichert, dass keine akute Gefahr drohe, sondern eben eine latente, da wenigstens keine offenen Uran-Abraumstätten wie andernorts um einige Minen in der Gegend herumlagen, über die dann der Wind streichen und die Kontamination auch noch in der Luft verbreiten würde, so wie bei einigen anderen Skandal-Zonen weltweit.
„Wenigstens für das bisschen Tourismus hier ist das schon mal gut", hatte er mir noch gesagt, „denn wer sich nur für ein paar Wochen hier aufhält und dazu noch vorwiegend sein selbstgekauftes Mineralwasser trinkt, dem wird nicht gleich was passieren. Heutzutage gibt's ja eh weltweit keine völlig saubere Natur mehr, nach Tschernobyl und Fukushima. Aber bei uns, die wir für unser ganzes Leben hier hocken … da sieht es natürlich ganz

anders aus! Da sammeln sich halt die Schadstoffe im Laufe der Zeit im Körper an ..."
Ja, er hatte recht: Der Mensch hatte es ja schon geschafft, die gesamte Biosphäre mit Schadstoffen zu belasten – ich sagte mir ironisch, man könne sich heutzutage eigentlich nur noch aussuchen, wovon man mehr oder weniger abbekommen wollte ... Es musste unbedingt ein Umdenken stattfinden, und zwar global. Hier vor Ort hatten die Menschen, trotz aller Armut, immerhin angefangen, die Ärmel hochzukrempeln und die Initiative zu ergreifen, um diese bedrohlichen Missstände zu beseitigen, mit internationaler Hilfe dagegen vorzugehen. Das war ermutigend, auch für andere betroffene Zonen und ihre Bevölkerungen.
Christel fuhr derweil fort: „Die Hilfsorganisation hat im Sommer 2008 Trinkwasserproben analysiert, die Beprobungen wurden in Zusammenarbeit mit dem hiesigen indigenen Gesundheitsamt durchgeführt. Die Wasserproben wurden von einem unabhängigen Labor analysiert, seitens der US-Umweltschutzbehörde. Als Konsequenz aus den alarmierenden Ergebnissen, nämlich einer hohen Anzahl mit Arsen und Radionukliden verseuchter Trinkwasser-Proben, werden wir unsere Arbeit künftig vorranging auf Umwelt- und Gesundheitsthemen konzentrieren. Wir haben die am stärksten verseuchten Brunnen bereits erfasst, um in Abhängigkeit vom jeweiligen Kontaminierungsgrad zumindest fürs Erste durch die Installierung von Spezial-Filtern Abhilfe zu schaffen!"
Sie blickte entschlossen in die Runde. „Das bedeutet aber auch, dass diese Filteranlagen und auch die Entsorgung kontaminierter Filter finanziert werden müssen, um den betroffenen Lakota-Familien wieder Zugang zu sauberem Trinkwasser zu ermöglichen!"
Sie blickte erneut voller Tatendrang in die Runde. „Langfristig müssen wir uns aber natürlich auch für eine Versiegelung der Bohrlöcher sowie eine Dekontaminierung des ehemaligen militärischen Übungsgebietes in den Badlands einsetzen, um das Grundwasser insgesamt besser schützen zu können ... Wie ihr wisst, haben andere indigene Stämme genau das gleiche Problem ... Viele von Weißen geführte Behörden scheinen nach wie vor zu

denken: Ach, es sind ja nur ein paar Indianer, da irgendwo in der Pampa, wo die Uranminen oder Lagerstätten sind … also ein latenter Rassismus auch im Bereich des Umwelt-Managements …"

***

Drohende Zukunftsvisionen malten wir uns nach diesem Vortrag aus. Bei aller Aufbruchstimmung und Hoffnung – es blieb natürlich ein mulmiges Gefühl, weil wir ja nicht wie Touristen, die auf der Durchreise praktisch kaum betroffen waren, nur kurzzeitig und vorübergehend hier lebten. Wir waren genauso betroffen wie die ortsansässige Bevölkerung. Denn wir hatten ja eigentlich vor, hier viele Jahre zu verbringen – vielleicht sogar für immer zu bleiben (das war mein heimlicher Traum). Doch durfte ich das Illona überhaupt zumuten? Würde sie einfach eines Tages ihre Koffer packen und abreisen? Verstehen könnte ich es, und es wäre auch allein ihre Entscheidung. Da sie indes zu diesem Thema selber beharrlich schwieg, wagte ich es nicht, sie darauf anzusprechen, und schob eine Aussprache über unsere Zukunft von Tag zu Tag vor mir her. Dennoch herrschte über uns eine trübe Wolke düsterer Gedanken, unausgesprochen, aber deutlich spürbar. Ich wollte schon gern hier ausharren, und Illona im Prinzip ja auch, engagiert wie sie war – doch uneingestanden rumorten bei uns berechtigte Ängste im Hinterkopf. Die Sorgen um unsere Zukunft gingen uns ganz schön an die Nieren. Bleiben oder gehen? Weiter mutig vor Ort helfen oder doch lieber nur aus sicherer Ferne die Projekte mit Spenden unterstützen? Wäre es Besonnenheit oder Feigheit, hier doch die Zelte abzubrechen? Wäre es klug oder schlichtweg kneifen? Wie könnte man überhaupt vor den anderen das Gesicht wahren, vor denen, die ja nicht einfach hier weg konnten und wollten, und mit denen man sich ja solidarisch fühlte? Die Fragen standen im Raum, und eine Entscheidung musste irgendwann und bald ja getroffen werden. Die Würfel mussten fallen, ohne dass wir wissen konnten, ob es die richtige Entscheidung sein würde, eine, die sich auch gut anfühlt. Bis dahin quälten wir uns mit unserer trübseligen Laune. Um unserer Niedergeschlagenheit entgegenzuwirken, beschlossen wir,

verstärkt das Hier und Jetzt zu genießen, um uns wieder fit zu machen für all die Herausforderungen, denen wir uns hier stellen mussten.
Natürlich nahmen wir auch Reitstunden bei den Organisatoren des Reiter-Vereins. Die Söhne und Töchter der für die Organisation federführenden Familie übernahmen es auch, den wenigen, engagierten Touristen, die sich hierher verirrten, Reitstunden zu geben – allerdings das, was sie selber sich als Reitunterricht vorstellten, eine Lakota-Jugend, die ja schon von Kindesbeinen an im Sattel saß und vermutlich fast eher reiten als laufen gelernt hatte! So witzelte James, der älteste Sohn des Vereinsleiters, während er die Pferde im Corral begutachtete und passende für uns auswählte: „Die beiden“ – das waren wir – „können ja Ohítika und Tatéiyumni nehmen!“ Er lachte schallend. Ich wurde stutzig. So viel Lakota verstand ich immerhin schon: „**Ohítika**“ bedeutete „Der Mutige“ und „**Tatéiyumni**“ gar „Wirbelwind“. Ich hatte keine Lust, auf einer Art Fury das Reiten zu lernen, und war daher froh, dass auch James‘ Schwester Cecile den Vorschlag als Scherz durchschaute und mit zwei aus ihrer Sicht lammfrommen Braunen daherkam.

Allerdings erwiesen sich diese beiden Mustangs zwar als ziemlich lahm, aber auch störrisch. Also nicht gerade etwas für Anfänger wie wir. Zunächst wurden wir einfach im Corral im Kreis herumgeführt, um die Haltung im Sattel zu üben, die Pferde immer brav an der Longe. Doch dann wurden unsere beiden jugendlichen Reiter ungeduldig und meinten, so richtig reiten lerne man überhaupt erst im Gelände, weil sich da die Pferde viel freier und ungezwungener bewegten. Also wurde das Holzgatter geöffnet, und die Pferde trotteten hinaus. Wir hopsten auf unseren Sätteln und hatten alle Hände voll zu tun, nicht seitlich abzurutschen.
James schwang sich mit Anlauf in den Sattel seines fuchsrot gescheckten Pinto, auch Cecile stand ihm in seinen Reitkünsten auf ihrem Falben in nichts nach. Sie setzten sich an die Spitze unserer kleinen Übungs-Exkursion. James schnalzte mit der Zunge, und unsere Pferde folgten sogleich, dem Herdentrieb nachgebend und von unseren Reitkünsten gänzlich unbeeinflusst.

Als dann auch noch James an einem weiten, grasbedeckten Hang unbekümmert einen lockeren Trab anschlug und munter dahin ritt, so, als seien wir gar nicht mehr da oder als hätte er uns längst vergessen, da wurden auch unsere lahmen Gäule munter, die eben noch von irgendwelchen Kräutern am Wegesrand gefressen hatten, ohne sich das Geringste aus unserem Zug am Zügel oder Druck auf die Weichen zu machen.
Als James dann merkte, welch jämmerliche Figur wir da in unseren Sätteln machten, packte ihn der Übermut, und er zeigte uns, was ein waschechter Lakota unter Reiten versteht. Sein Pferd preschte davon, und plötzlich hatten es auch unsere Pferde eilig. Schließlich pfiff er kurz und jagte in gestrecktem Galopp voraus, seine Schwester im Wettrennen neben sich. Unsere Pferde hatten auch auf einmal Lust, sich am Wettlauf zu beteiligen, und spurteten los. Dabei ging es zu allem Unglück auch noch die ganze Zeit hangabwärts. Die harten Pferdehufe donnerten über staubtrockenen Prärieboden, der auch noch mit Höhlen von Erdhörnchen und stachligen Zwergkakteen übersät war. Wir versuchten, uns den rhythmischen Bewegungen unserer Reittiere so gut wie irgend möglich anzupassen. Von der Umgebung bekam ich schon gar nichts mehr mit, ich war vollauf beschäftigt, nicht nach vorne über den Pferdehals zu rutschen, weil es ja hügelabwärts ging.

Mit einem Seitenblick sah ich Illona, wie sie sich vornübergebeugt an ihrem Sattelknauf festklammerte, auch ich krallte mich mit einer Hand in die drahtige Mähne meines Pferdes, mit der anderen hielt ich das seltsam schwere, groblederne Zaumzeug. Erst nach einigen Sekunden wurde mir klar, dass der schrille Ton, der da an meine Ohren drang, die Schreckensschreie von Illona waren. Fast wäre sie kopfüber vorn über ihr Pferd geflogen, mit einer instinktiven Bewegung schaffte sie es, wieder ins Gleichgewicht zu kommen und mit ihrem rechten Fuß wieder den Steigbügel zu angeln, den sie verloren hatte.
„Stopp – stopp – stopp!“, brüllte ich. James wandte sich um und tat milde überrascht. Seine Miene war undurchdringlich. Doch ich war mir sicher, dass er sich insgeheim köstlich amüsierte. Während mir der Angstschweiß ausbrach, sah ich Illona wie in

einem Film mit ihrem Gleichgewicht im Sattel kämpfen, es war vor meinen Augen wie in Zeitlupe, und das Schlimmste war: ich konnte ihr von meinem Pferd aus nicht helfen!
James aber rief nur einmal kurz und herrisch: „Ho!“, und alle Pferde bremsten folgsam ab und waren auf einmal so brav, als seien sie nie durchgegangen. Cecile entschuldigte sich, konnte sich aber ein Grinsen nicht verkneifen.
Als wir sodann zum Corral zurückkehrten, hatten wir für heute vom Reitunterricht genug. Doch insgeheim hatte es uns gepackt: Mit dem Pferd und der Landschaft zu einer Einheit zu verschmelzen, unsere Haare und die Mähnen der Pferde beim Galopp im Präriewind wehen zu lassen – das war eine Kunst, die wir gern weiter üben wollten!

***

Auch im Fernsehen (das Wort „**wicítenashkanshkan** – sich bewegende Gesichter“ hatten wir schon dafür gelernt) holten uns die Probleme immer wieder ein. Die Nachrichten brachten gelegentlich Beiträge über die Proteste von Menschenrechts-Organisationen. Natives werden überproportional oft verhaftet und eingebuchtet – genau wie Schwarze! Es gibt noch viel zu viel Rassismus in den Köpfen, vor allem bei manchen weißen Farmern, die vergessen haben, dass sie hier die Einwanderer sind und die anderen die Ureinwohner, die für ihre Rechte kämpfen. Die damaligen Enteignungen, die nie richtig rückgängig gemacht wurden, die Entrechtung und Marginalisierung, das alles waren die Folgen – sogar ihre Pferde waren außerhalb des Reservats gefährdet, wie die Büffel werden sie von den weißen Farmern abgeschossen, wenn sie ausbrechen und das Reservatsgelände verlassen.
Auch in den Sozialen Medien verfolgten wir die Diskussionen darüber, immer öfter erschienen da auch Slogans wie Red lives matter!, analog zu Black lives matter! Das war schon mal ein Anfang.
So lebten wir mit allen Sorgen und Nöten, aber auch kleinen und großen Freuden unserer Freunde vor Ort. Geburt und Tod, Feiern

und Trauern – all das schien hier viel enger im Alltag verwoben als anderswo.
Und wir lernten die Umgebung genauso kennen, fast als sei auch sie eine Art Person, diese Landschaft hier hatte ja auch ihren eigenen Charakter. Pine Ridge Village, Manderson, Porcupine – alle Ortsnamen klangen schon so vertraut, allein schon, weil wir uns so oft mit dem Auto oder neuerdings auch auf Pferden über große Distanzen hinweg bewegen mussten.
Besonders liebgewonnen hatte ich, neben den Leuten hier, auch die grandiose Weite der Landschaft – vor allem die spektakulären Sonnenauf- und -untergänge an einem von Bauwerken unverstellten Horizont. Ja, hier konnte man noch durchatmen, den Kopf freikriegen, fernab vom Stress der großen Städte. Doch lohnte es sich, deswegen seine Gesundheit zu riskieren? Oder waren einem hier die Gesundheitsrisiken einfach nur stärker bewusst als in Europa, wo ja auch alle möglichen Umweltbelastungen auf einen einwirkten, nur dass man sich bereits daran gewöhnt hatte …?

***

Im August gab es den Great Annual Powwow sowie mehrere kleinere traditionelle Tanzveranstaltungen. So fuhren wir mit Freunden nach Pine Ridge. Dort herrschte schon Volksfest-Charakter auf der großen Festwiese; am Rande der Wiese, unter den schattigen Pappeln, hatten viele, teils von fern angereiste Gäste ihre Zelte aufgeschlagen, sowohl moderne Camping-Zelte als auch einige traditionelle Tipis waren darunter, aus leuchtend weißem Canvas.

Die Sommer-Powwows waren Open-Air-Veranstaltungen, im Gegensatz zu der noch recht neuen Sitte, auch Neujahrs-Powwows etwa in Stadthallen oder großen Turnhallen abzuhalten. Am Rande der Festwiese mit der großen, offenen Tanz-Arena, die eigentlich nur aus einem ringförmigen Schattendach aus Holz bestand, jedes Viertel anders bemalt, in Schwarz, Weiß, Gelb und Rot, waren viele Campingstühle aufgeschlagen. Weiter weg gab

es auch WC-Häuschen, Info-Stände und Buden, wo Indian Corn und Donuts angeboten wurden. Als wir den Eintritt bezahlt hatten, erhielten wir als Beleg bunte kleine Armbänder, auf denen das Datum der Veranstaltung vermerkt war.
Auch ein Rodeo fand im Rahmen des Powwows statt. Wir wollten uns jedoch zunächst mal das Grand Entry, den feierlichen Einzug aller Tänzer und Tänzerinnen in ihren bunten, federgeschmückten Trachten nicht entgehen lassen.
So begaben wir uns in den ringförmigen Schatten der hölzernen Anlage, die eine geräumige Rasenfläche als Tanzplatz umschloss. Viele Leute hatten sich bereits Campinghocker mitgebracht oder hockten auf bunten Decken auf dem Boden. Richtige Sitzplätze so wie bei den zirkusartigen Rodeo-Anlagen gab es nicht. Aber das machte gar nichts.
Mrs Blue Bird, die mit uns gefahren war, machte uns darauf aufmerksam, dass das hölzerne Schattendach in den sakralen Farben der vier Himmelsrichtungen bemalt war und somit zugleich ein riesiges Medizinrad darstellte. „Denn auch beim Tanzfest sollen die Menschen ihren Bezug zum Kosmos spüren. Auch diese feierliche Zusammenkunft des Volkes ist so etwas wie ein gelebtes Gebet, ein Dank an die Schöpfung, ausgedrückt durch Musik und Tanz!“, erklärte sie uns.
Wir freuten uns auch sehr, dass wir inzwischen schon so viele Leute kannten und von so vielen freundlich gegrüßt wurden.
„Hi, Illona!“ Donna winkte eifrig herüber. Klar, die Freundinnen vom Näh-Club.
„Na, Jochen – schön, dass ihr auch da seid! Das ist ja unser größtes alljährliches Event –, das solltet ihr euch auch wirklich nicht entgehen lassen!“ Mr Two Bulls trat neben mich und klopfte mir krachend auf die Schulter. Er grinste breit. „Siehst du, dort drüben? Da ist mein Sohn Bob, er wird beim Preistanz mitmachen …!“
Natürlich drückten wir ihm die Daumen.
Dann ging's los, mit ein klein bisschen Verspätung, damit auch wirklich alle Tänzer innerlich ganz und gar bereit und eingestimmt waren. „**Hókahe!** Auf geht's zum Tanz!“, rief der sonst so zurückhaltende Mr. Two Bulls begeistert aus.

Zu Beginn begrüßte der Conferencier, der **éyapaha**, alle Gäste ganz herzlich auf Lakota und Englisch und sprach dann ein Gebet auf Lakota, denn auch ein Tanzfest ist keine profane Veranstaltung, sondern etwas Heiliges, da sich da der Kreis des Volkes wieder schließt. Der feierliche Einzug begann, allen voran schritten Lakota-Veteranen aus dem Irak-Krieg und trugen die US-Flagge und neben den Stars & Stripes auch die rote, stammeseigene Lakota-Flagge herein. Dann wurde der Fahneneid auf Lakota abgesungen, von einer sehr bekannten Powwow-Gruppe. Es wurde andächtig still, während sie sangen.

„Tunkáshilayapi, táwapaha kinhán,
oíhanke shni hé najín kte looooo, ayyyy ...
Die US-Flagge wird stehen,
für immer aufrecht …
Iyóhlateya, oyáte kinhán,
Wicícagin kta ca, lecámun weloooo, ayyyyy!
Darunter möge das Volk gedeihen,
dafür werde ich alles tun, oh ja …"

Dann folgten traditional dance, fancy dance und jingle dance, shawl dance und sneak up dance, dass einem vor all den bunten Farben und rhythmischen Bewegungen schwindlig werden konnte, in einem Rausch aus Farben und Federn und Fransen und strengem, kraftvollem Rhythmus. Wo die Trommeln der **h'oká**-Gruppen dröhnten und die Männer die riesigen Trommeln, um die sie im Kreis herum saßen, exakt synchron schlugen und dazu leidenschaftlich sangen, sekundiert von den schrillen, eulenartigen Rufen der Frauen, die hinter ihnen standen, da war er wieder: der Herzschlag des Volkes, gemeinsam und stark! Jeder spürte, wie die gemeinsame Kraft alle verband, mit dem einigenden Band der Tradition. Da begriffen wir, warum den Natives diese Tanzfeste heilig sind.

In der Ferne schien sich wieder mal ein Gewitter zusammenzubrauen, aber die Tänzer tanzten weiter, obwohl der Himmel bedrohlich dunstig wurde. Doch dann hatte der Donnervogel wohl ein Einsehen, denn die Wolken lösten sich wieder auf und das gefürchtete Sommergewitter oder gar der Tornado blieb aus. Die Tänzer deuteten das als gutes Omen.

***

So ging der Hochsommer ins Land. Mehrere Monate waren wir jetzt schon hier – die Zeit verging wie im Fluge. Inzwischen waren wir in unseren Neubau umgezogen. „Sogar 'ne Einbau-Küche gibt's hier!", staunte Illona.
Nachts hörten wir die Coyoten heulen, besonders gegen Morgen streiften die schattengrauen Wildhunde auch ums Haus.
Wir lagen im Bett, nackt und Arm in Arm. „Hast du Angst?", fragte ich Illona leise.
„Nein, wieso?"
„Fürchtest du dich denn nicht vor diesen Mini-Wölfen?"
„Nein. Eigentlich nicht. Aber es sollte hier eine Tollwut-Impfkampagne geben! Man sollte die Wildhunde hier mit Ködern impfen, so wie die Füchse in Europa!"
„Ja, das wäre sicher sinnvoll ..."
Ich streichelte ihre Wangen und zerwühlte ihr zärtlich das Haar. Illona merkte, dass ich noch etwas auf dem Herzen hatte, und in der Tat sagte ich nach einer Weile entschlossen:
„Du – das war ja ein Schlag in die Magengrube, neulich!"
„Was denn?"
„Na, dieser Vortrag über das kontaminierte Trinkwasser!"
„Ach so – ja."
„Du – äh – was ich dich fragen wollte: Traust du dich denn überhaupt noch, hier zu leben, wenn alles so verseucht ist?"
„Tja, schön ist der Gedanke gerade nicht. Aber wenn wir es ernst meinen mit unserer Hilfe, dann können wir uns ja nicht einfach davor drücken und abhauen!"
„Ja – seh' ich genauso. Aber was ist, wenn wir dabei langfristig unsere Gesundheit aufs Spiel setzen? Mal für 'ne Weile hier helfen ist ja auch für dich sicher okay, aber wenn wir hier jahrelang leben, dann werden auch wir schleichend kontaminiert werden – ich könnt's schon verstehen, falls dir das zu riskant erschiene ..."
Sie schwieg. Ich unternahm einen neuen Anlauf – jetzt wollte

ich's wissen! Eine Weile über die Probleme schweigen, war ja gut und schön – aber ewig verdrängen ließen sie sich nicht. Ich räusperte mich und setzte beherzt nochmals an:
„Du – Schatz –?"
„Ja?"
„Was meinst du – sollen wir hier bleiben ...?"
„Ich denke, ja – das Kind ist ja wohl schon eh in den Brunnen gefallen ..."
„Wie meinst du das?"
„Ach, nichts!", sagte sie hastig und fügte hinzu: „Aber zum Thema Brunnen: Wir sollten echt alles daran setzen, dass überall diese Wasserfilter so rasch wie möglich eingebaut werden, um auch die radioaktiven Atome aus dem Grundwasser zu filtern – das ist ja wirklich ein gruseliger Gedanke, dass wir alle atomverseuchtes Wasser trinken ..."
„Ja – du hast recht!"
„Und man kann ja gar nicht genug Trinkwasser-Flaschen kaufen, da im fernen Rapid City oder auch nur hier in dem kleinen Laden ..."
Ich nickte.
Diese schleichende Bedrohung durch eine unsichtbare Gefahr, diese tickende Zeitbombe: Die Radionuklide schädigen deine Körperzellen, setzen deine Nieren außer Gefecht, lassen Krebs entstehen ... und wenn du es bemerkst, ist es schon zu spät.
Der Mensch ist ein seltsames Wesen. Er kann noch so sehr sagen, oh ja, ich nehme Anteil, habe Mitleid, jede Menge Empathie – doch erst, wenn es ihn am eigenen Leib trifft, kann er vollständig mit anderen mitfühlen. Die Lakota haben dafür ein schönes Sprichwort: „Erst wenn du einige Zeit lang in den Mokassins von jemand anderem gelaufen bist, kannst du dich wirklich in ihn hineinversetzen." Dann weißt du, wo der Schuh drückt, welche dornigen und steinigen Wege der andere laufen muss ...
Nervös fuhr ich mir durchs Haar. Mit der anderen Hand hielt ich Illona umarmt. Meine Gedanken kreisten jetzt hektisch um dieses Thema, das da zum Dauerbrenner mutiert war.
Der Wettlauf mit dem schleichenden Tod war zugleich ein Wettlauf um Spendengelder. Es mussten unbedingt raschestmöglich

die Summen aufgebracht werden, um zunächst einmal die Trinkwasseranlagen der am stärksten kontaminierten Gemeinden technisch aufzurüsten, mit den teuren Filteranlagen. Dazu mussten internationale Info-Kampagnen gestartet, Dokus gedreht, Vorträge gehalten, Fundraising für das Trinkwasser-Projekt betrieben werden … Noch dazu natürlich Trinkwasserproben entnommen, analysiert und später dann – hoffentlich – die Brunnen dekontaminiert werden … Ohne das tatkräftige und unermüdliche Engagement sowohl indigener als auch weißer Projektgruppen wäre das alles nicht möglich, bisher Realisiertes nicht machbar gewesen. Und natürlich nicht ohne die großzügigen Spender. Schon viele kleine Beträge summierten sich ja schon zu brauchbaren Summen, von denen man fürs Erste konkrete Teilprojekte in Angriff nehmen konnte, Brunnen um Brunnen, Gemeinde für Gemeinde …

Zäh und beharrlich kamen wir alle dem lebenswichtigen Ziel dann Stück für Stück näher … Wir waren dazu bereit, unser Leben und unser Schicksal mit diesen Menschen zu teilen und bei der Hilfe zur Entgiftung der Brunnen unseren bescheidenen Beitrag zu leisten … etwas unheimlich und beklommen war einem schon zumute, jetzt selber mitbetroffen zu sein, mit jedem Schluck Wasser, mit jedem Löffel Suppe … und man konnte ja nicht alles nur mit Mineralwasser kochen – es war gar nicht möglich, so viele Vorräte heranzuschleppen, von -zig Meilen weit entfernten Einkaufsläden, und man konnte auch unmöglich den Kaffee oder Tee ablehnen, wenn man irgendwo zu Besuch war – es galt ja unter Lakota als äußerst unschicklich, den Gästen angebotenes Essen oder Trinken abzulehnen – in ein größeres Fettnäpfchen könnte man im Alltag kaum treten …

Es gab hier also ein großes, allgegenwärtiges Problem – und wir steckten da ebenfalls mittendrin. Auf einem von Kontamination bedrohten Planeten sitzen eh alle in einem Boot.

***

Als erst einmal unser bedrückendes Schweigen gebrochen war, das zwischen uns gelastet hatte, war allein das schon mal wie

eine Befreiung. Illona und ich unterhielten uns jetzt oft darüber, es beschäftigte uns naturgemäß sehr. Da unsere Gemeinde zu einer der am Stärksten betroffenen zählte, wurde gottlob auch hier einer der ersten, teuren Filter installiert – die Gefahr war, zumindest vorübergehend, gebannt!
„Wie wichtig gerade jetzt, dass unser Brunnen mit diesem Filter ausgerüstet ist, um das Trinkwasser zu dekontaminieren!", sagte Illona eines Tages mit einem wahren Stoßseufzer.
„Ja, da hast du Recht! Aber wieso kommst du ausgerechnet jetzt darauf zu sprechen, aus heiterem Himmel?"
„Ja, stell' dir vor – wir werden gerade jetzt sauberes Wasser benötigen, denn – ich bin schwanger!"

***

Ausklang

Hier stand ich nun, in Pine Ridge, Arm in Arm mit meiner schwangeren Frau – und ich wusste, es würde ein karges Leben voller Entbehrungen werden. Doch ich wusste auch: Wir hatten uns richtig entschieden. Ich hatte die Gewissheit, dass ich am richtigen Platz im Leben angekommen war. Einem Ort, an dem wir eine schöne Aufgabe hatten, zum Wohle der Gemeinschaft, und gemeinsam auch mit Freunden aus den Hilfsorganisationen vor Ort. Und mit einer treuen Partnerin an meiner Seite, die mit mir durch dick und dünn ging. Wir hatten eine Aufgabe, die uns nicht nur viel abverlangte, sondern auch Kraft gab. Durch unser aller gemeinsame Anstrengungen würden wir dafür sorgen, dass die Menschen hier langfristig eine gute und lebenswerte Perspektive hatten – und unser eigenes Kind, das da unter Illonas Herzen heranwuchs, auch.
Ich erinnerte mich an jenen Wolken-Adler, der mich damals so beeindruckt hatte. Wir waren dem Ruf des Weißen Adlers gefolgt, und es war gut gewesen.

***

Rebecca Netzel, geb. 1963 in Flensburg, ist Sprach- und Übersetzungswissenschaftlerin. Zahlreiche Reisen in die USA, nach Kanada und Mexiko führten sie auch in verschiedene Indianer-Reservationen, vor allem in South Dakota (Pine Ridge, Rosebud, Lower Brulé, Crow Creek). Ihren literarischen Niederschlag fanden diese Reisen und persönlichen Begegnungen besonders in Fachpublikationen, doch auch in Romanform.
Auf Lesungen, auch international (Hemingway Foundation of Oak Park, Chicago 2005, Frankfurter und Leipziger Buchmesse) sowie Workshops an Schulen und Kultureinrichtungen hat sie das Thema „Indigene Kulturen", besonders der Plains-Stämme (D/N/Lakota) vorgestellt. Auch in Rundfunk- und Zeitungs-Interviews hat sie dazu Stellung genommen (SWR Contra: Heidelberger Sprachwissenschaftlerin bei den Sioux/Lakota, feature vom 08.12.2005, Hessischer Rundfunk, hr domino, feature zum Thema Ma Lakota!, Sendung vom 13.04.2006. Aufzeichnung dieser Sendung als Audio-CD: Weltwissen für Kinder: Indianer & Cowboys, Autor: Niels Kaiser, mit Beiträgen von Markus Lindner, Arthur Amiotte, Rebecca Netzel u.a., hörverlag, München 2007). Eintrag ins Lexikon Deutscher Schriftsteller.
Aufgrund ihres ehrenamtlichen Engagements für Lakota-Waisenkinder und Umweltschutz-Themen wurde sie mit ihrer Familie in eine Kul Wicásha Lakota-Familie adoptiert.

www.traumfaenger-verlag.de

Die Geschichte ist frei erfunden. Jedwede Ähnlichkeit mit tatsächlichen Ereignissen oder Personen wäre rein zufällig.

Sunka Wakan Na Wakanyeja Awicaglipi Incorporation
Lakota Horsemanship Organisation

>>We are Lakota. We are not Cowboys, we are Horsemen.<<

Die Sioux bzw. Lakota gelten als die besten Reiter sowie Pfeil- und Bogen-Schützen. Beides ist in ihrer Tradition tief verankert. Die Arbeit und das Zusammenleben mit den Pferden sowie das Aufleben alter traditioneller Werte sollen den jungen Indianern zur Wiederfindung ihrer eigenen Identität verhelfen.

Ziel dieser Organisation ist es, Kindern und Jugendlichen durch verschiedene Programme die Rückführung zur eigenen Kultur zu ermöglichen und sie dadurch vor Alkohol- und Drogenmissbrauch zu bewahren.

Jedes Jahr werden verschiedene Workshops mit den Kindern und Jugendlichen durchgeführt sowie mehrtägige Wilderness Camps. Während der Wintermonate werden Workshops gehalten z. B. zum Halfter anfertigen, Bilderrahmen aus Holz basteln u.v.a.

Repräsentantin der SwnWA Inc. in Deutschland:
Andrea Cox, Im Wirbel 65 / 68219 Mannheim /
Tel. 0621 / 80 11 16
E-Mail: info@andreac.de
Weitere Infos unter: www.andreac.de

Spendenkonto in Deutschland:
Förderverein für bedrohte Völker (GfbV)
Postbank Hamburg
WICHTIG: Stichwort „Winterprojekt"
IBAN: DE89 2001 0020 0007 4002 01

Lila Pilámaya – Vielen Dank

WINTERPROJEKT Pine Ridge Reservat, Süddakota USA

Jedes Jahr kehrt der bitterkalte Winter wieder nach Süddakota zurück und jeder sollte ein warmes Zuhause haben!

Der Wintereinbruch in Süddakota bedeutet für viele Familien im Pine Ridge Reservat einen neuen Kampf ums Überleben. Die letzten Winter mit Temperaturen von unter minus 20 Grad waren extrem. Die meisten Familien auf dem Pine Ridge Reservat leben weit unter der Armutsgrenze, deshalb wird es auch in diesem Winter vielen Familien nicht möglich sein, Heizmaterial zu kaufen, wie z. B. Holz oder das am meisten verwendete Propangas. Leider kommt die Gasfirma erst zu einer Familie, wenn diese für mindestens 120 Dollar Gas bestellt. Und das haben viele Familien nicht zur Verfügung. Deshalb sterben jedes Jahr im Winter viele Menschen – unter ihnen sehr oft alte Menschen – an Unterkühlung.
Über die Gesellschaft für bedrohte Völker (GfbV) werden Spenden entgegengenommen. Jede noch so kleine Spende kann sehr hilfreich sein. Die weltweit anerkannte Organisation GfbV leitet die Spenden zu 100 Prozent weiter und das Geld wird nur für Heizmaterial wie Propangas oder Holz verwendet.

Spendenkonto:

Förderverein für bedrohte Völker (GfbV)
Postbank Hamburg
WICHTIG: Stichwort „Winterprojekt“
IBAN: DE89 2001 0020 0007 4002 01

Wenn Sie eine Spendenbescheinigung benötigen, vergessen Sie nicht, Ihre Adresse anzugeben. Bis 100 Euro reicht der Überweisungsbeleg. Ansprechpartner: Andrea Cox
www.andreac.de

Lila Pilámaya ye!

Unsere Buchempfehlungen:

Pine Ridge statt
Pina Colada

Roman von Katja Etzkorn

14,90 € ISBN 978-3-941485-64-8

Indianisch für Anfänger
Ein Au-pair-Mädchen auf Pine Ridge

Roman von Kerstin Groeper

9,90 € ISBN 978-3-941485-46-4

Crazy Horse
Das Leben & Vermächtnis
eines Lakota Kriegers

Die Edward Clown Familie,
erzählt vonWilliam B. Matson

22,50 € ISBN 978-3-941485-52-5

Maggie Yellow Cloud

Das verkaufte Herz
Eine Lakota-Ärztin in Gefahr

Thriller von Brita Rose-Billert

9,90 € ISBN 978-3-941485-09-9

Der scharlachrote Pfad

Eine Sioux-Saga

Historischer Roman
von Kerstin Groeper

16,90 € ISBN 978-3-941485-23-5

Sturmgeflüster

Tödliche Spurensuche im Land der Sioux

Thriller von Alexandra Walczyk

9,90 € ISBN 978-3-941485-27-3